海外小説 永遠の本棚

砕かれた四月

イスマイル・カダレ

平岡敦＝訳

白水 u ブックス

Ismail Kadaré
AVRIL BRISÉ

目次

砕かれた四月

第一章

　足は冷えきっている。痺れた両脚をわずかに動かすたびに、靴の下で小石がうめくように軋む音が聞こえる。そのうめきは、実は彼の心の声だ。こんなに長時間、土手の陰からじっと本街道を窺っているなど、まったく初めてのことだった。

　陽は傾いている。恐れというかむしろ警戒心から、彼は銃を横にかまえた。やがて夜が迫りくれば、夕闇のなかで銃の照星すら見分けがつかなくなるだろう。「夜になって狙いがつかなくなる前に、やつはきっとあらわれる」と父は言っていた。「じっと我慢して、待つことだ」まだ溶けやらず斑に残った雪から、道の両側に広がる藪地に点々と生える野生のざくろのほうへ、ゆっくりと銃身が移動する。もう百回目にもなるだろうか、彼は今日が一生に一度のかけがえのない日なのだと思った。銃身が逆の動きを辿って、もとの位置に戻る。かけがえのない日と頭のなかで呼ぶもの、それは彼が何をするのか見定めようと、昼からずっと待ち構えているらしいこの残雪とざくろにすぎないのだが。

もうすぐ夜になる、と彼は思う。もう狙いは定まらないだろう。早く黄昏が訪れてほしい。そのあとに夜が駆け足でやって来て、こんな呪われた待ち伏せからさっさと逃れられればいい。だが陽は遅々として暮れず、まだしばらく待たねばならない。復讐を果たすために待ち伏せするのはこれで二度目だが、狙う相手は同じだった。だからこの待ち伏せは、いうなれば前からの延長なのだ。

また足がかじかんできて、彼は両脚を動かした。冷えが体にのぼってくるのを防ごうとするかのように。しかし、もうとっくに腹も胸も頭までも冷えきっていた。脳味噌のあちこちさえ凍って、道の両側に残るあの雪の塊さながらに感じられる。

考えは少しもまとまりそうにない。ただ野生のざくろと斑模様の残雪に対して、ある敵意を感じていた。こいつらがいなければ、待ち伏せなどとっくにあきらめたのに。彼はときおりそう思うのだった。だがやつらはあそこにいてじっと見ている。おかげで立ち去ることもできない。

待ち伏せしてからもう二十回目にもなろうか、狙う男が道の曲がり角にあらわれ出たような気がした。男は小走りに進んでくる。その右肩から鉄砲の黒い銃身が突き出ていた。思わず武者震いが出る。そう、今度はもう目の錯覚ではない。待ち構えていた男に違いない。

何度もしたようにジョルグは銃を構えて、男の頭に狙いを定めた。その顔が一瞬むっとして、照準線を離れようとしているかのように見える。しまいには、男の表情に皮肉な笑いが見えた気さえした。六か月前にも同じことがあった。この顔を吹き飛ばすに忍びなくて（最後の瞬間になって、そんな哀れみがいったいどこから心の内に湧いてきたのだろう？）銃の照星をさげてしまい、敵は首に傷を負っただけだった。

男は近づいてくる。今度こそ、傷だけではすみませんように。ジョルグはほとんど祈るような気持ちだった。この前は傷を負わせた罰金の支払いに、ジョルグの家族は四苦八苦する羽目になった。またそんなことになれば破産だ。だが見事しとめれば、支払いの必要はない。

男はさらに近づいている。負傷に終わらせるくらいならば、まったく打ち損ねたほうがましだ、とジョルグは思った。男の姿が見えたと思うたびごとにしてきたように、しきたりに従って、引き金を引く前に狙う相手に警告した。大声で言ったのか、それとも言葉は喉の奥でくぐもってしまったのか、一瞬自分でもよくわからなかったし、あとから考えてみてもさだかではない。ともかく相手はいきなりふり返った。ジョルグの目に、男が小さく腕を動かすのが見えた。肩に掛けた銃をはずそうというのだろう。ジョルグは撃った。銃声が耳を聾する。顔をあげると、死者が（男はまだ立ったままだったが、ジョルグはしとめたと確信していた）前に一歩踏み出し、片側に銃を滑り落として反対側に倒れ込むのが見えた。

ジョルグは潜んでいた場所を離れて、死んだ男のほうへ向かった。道に人影はない。聞こえるのは、ただ自分の足音だけだ。死者はばったりと倒れ込んでいた。ジョルグは身をかがめて、男を起こそうとするかのように、その肩に手をかけた。いったいおれは何をやっているのだ？　とジョルグは思う。もう一度死者の肩をつかんだ。まるで男を生へ引き戻そうとするみたいに。どうしておれはこんなことをしているんだ？　と再び自問する。そのときようやく思いあたった。こうして身をかがめているのは、死者を永遠の眠りから目覚めさせるためではなく、ただしきたりに従って仰向けにひっくり返そうとしていたのだ。あたりのそこかしこから、野生のざくろと斑の残雪が、あいかわらずすべてをじっと見つめている。

　彼は起きあがって立ち去りかけたが、死者の銃を頭に押しあてておかねばならなかったことを思い出した。

　なすことすべてが、夢のなかの出来事みたいだった。吐き気がしたが、血を見たせいだと何度も自分に言い聞かせた。ほどなくして、彼はひと気のない街道を、逃げるようにして走り去った。黄昏が迫っていた。思わず二度、三度とうしろをふり返る。暮れかけた夕日のなかを、あいかわらずひとりの人影もない街道が、木立と低灌木を抜けてどこまでも続いている。

　どこか前方で、家畜の鈴の音と人の声が聞こえ、やがて一群の人々があらわれた。黄昏の薄あかりでは、旅人とも市場帰りの山人（やまびと）ともわからない。彼らは思いのほかすぐにジョルグの近くまでやって来た。男や若い女、そして子どももいる。

　声をかけられて、ジョルグは立ち止まった。口を開く前に、彼はいま来たほうを指さして、それからしゃがれ気味の声で言った。

「むこうの、本街道の曲がり角のところで、男を殺したんです。死体を仰向けにひっくり返してください。お願いします。それから、銃を頭の近くに置いて！」

相手はしばらく黙っていたが、やがてたずねる声がした。

「おまえさん、血が病んでいるのかね？」

ジョルグは答えない。薬でもどうかと勧める声も耳に入らず、彼はまた歩き出していた。死者をしかるべくひっくり返すよう頼んだから、ひと安心だった。自分でちゃんとそうしたかどうか、どうしても思い出せないのだ。掟（カヌン）〔慣習による法・規則集〕では、人を殺したために陥るショックのことも予測して、殺人者が自らできなかったことを、通りすがりの人が代わりにやってもいいとしていた。だが死者をうつ伏せにしたまま銃と離しておくのは、許しがたい恥だった。

村に着いたとき、日はまだ暮れきっていなかった。かけがえのないこのいち日はまだ続いていた。塔（クーラ）〔アルバニアの山地に特有の、塔のかたちをした石造りの住居〕の扉が半開きになっている。彼は扉を肩で押して入った。

「首尾は？」と奥から誰かがたずねた。

やり遂げた、とうなずく。

「で、いつ？」

「いまさっき」

木の階段を降りてくる皆の足音が聞こえる。

「手が血塗(まみ)れじゃないか」と父が言った。「洗ってきなさい」

ジョルグは驚いて両手に目をやる。

「死体をひっくり返したときに、こんなになったんだ」

心配することなどなかった。この手を見ればわかる。しきたりどおりにしたのは間違いない。

塔のなかには、コーヒーの焙じた香りが漂っていた。呆れるくらいに眠い。二度も繰り返しあくびが出る。左肩により添っている妹の輝く両目がはるか遠くに思えて、まるで丘のむこうに見える二つの星のようだ。

「このあとのことは?」彼は誰にともなく、唐突にたずねた。

「村に死の知らせをせねばならん」と父親が答える。

そのとき初めて、彼は父親が靴を履きかけているのに気づいた。

母親がいれてくれたコーヒーを飲んでいると、外から最初の叫び声が聞こえた。

「ベリシャのとこのジョルグが、ゼフ・クリュエチュチェを撃ったぞ!」

独特の響きを持ったその声は、お触れを告げてまわる役人のようでもあり、また聖書詩篇の朗唱のようでもあった。

冷やかなその声に、うとうととしていたジョルグの目はいっぺんで覚めてしまった。なんだか自分の名前が体から、胸から、皮膚から抜け出て、外に散らばっていくような痛ましい思いがした。そんな気持ちは初めてだった。ベリシャのジョルグ。そう冷酷な伝令の叫ぶ声を繰り返してみる。二十六歳にして、初めて自分の名が生の根幹にまで染み入ってくる。外では死を告げる人々が、浮き立つようにして彼の名を伝えあっていた。

半時間ほどして、撃たれた男が運ばれてきた。しきたりに従って、四本のぶなの枝で作った担架に乗せられている。死んではいないのかもしれないという期待もあった。男の父親は家の前で待っていた。息子を運ぶ人々が四十歩先のあたりまで来たとき、父親がたずねた。

「何を持ってきなさった？　負傷、それとも死かね？」

答えは短く、そっけなかった。

「死だ」

父親の舌が唾液を求めて口の奥を探った。そして苦しげに、ひとことひとことゆっくりと言った。

「息子をなかに運んでやってくれ。それから葬式だと、村の衆や親戚連中に知らせてくだされ」

ブレズフソット村に帰ってくる家畜の鈴、晩鐘、そして黄昏どきのありとあらゆる物音に、たったいま告げられたばかりの死の知らせが満ちているように思われた。

通りや小道は、この時刻になると異様な活気を見せる。どこか村はずれのあたりに灯された松明（たいまつ）は、日暮れの弱い光のなかではまだ寒々しく感じられる。人々が死者と殺人者の家の前を行き来する。二、三人連れ添って遠ざかっては、またやって来る者たちもいる。

村はずれにある一軒家の窓辺は、どこも新たな噂で持ちきりだった。

「聞いたかい？　ジョルグ・ベリシャがゼフ・クリュエチュチェを殺したそうじゃないか」

「ジョルグ・ベリシャは兄の血を奪い返したのさ」

「ベリシャのとこじゃ二十四時間の休戦を求めるのだろうか？」

「もちろんだとも」

石造りの大きな家々の窓が、村の通りを行き交う人々を見おろしている。夕闇はもうすっかり落ちていた。松明の光はいっそう濃密に輝きを増し、固まりついているかと思われるほどだ。そして少しずつ深紅に——謎めいた深みの底から吹き出したばかりの溶岩の色に変わっていく。飛び散る火の粉は、これから流される血の前触れさながらである。

四人の男が、死者の家に向かっていく。なかのひとりは老人だ。

「仲裁人がベリシャ家のために、二十四時間休戦の誓い（ベーサ）〔アルバニアの道徳律の基本概念。誓約、約束の遵守〕を要請に行くぞ」と誰かが口にする。

「相手は受け入れるだろうか?」

「ああ、きっと」

とはいえ、ベリシャ家の面々は守りの態勢に入っていた。ムラシュ、早く家に帰ってこい。ツェン、扉を閉めて。プレングはどこだ? こんな声があちらこちらから聞こえてくる。

近親者も遠縁の者も、一族の家はどこも扉を閉ざしていた。犠牲者の家族がまだ二つの休戦をどちらも受け入れていないうちは危険きわまりない。このたびの流血に逆上したクリュエチュチェ家には、掟の定めによって、ベリシャ家の誰かれかまわずに復讐をする権利がある。

休戦の代理人たちが出てくるのを、家々の窓から誰もが待ちかまえていた。休戦を受け入れたのかしら? と女たちがたずねる。

ようやく四人の仲裁人が姿をあらわした。話し合いは短かった。四人の様子からは何とも察せられないが、すぐに知らせを告げてまわる声がする。

「クリュエチュチェ家が誓いに同意したぞ!」

ということは短い休戦、二十四時間の休戦だ。長期の誓い、つまり三十日の休戦については、まだ誰にもわからない。それは村として求めるものだし、だいいち犠牲者の埋葬が終わるまでは要請もできない。

声が家から家へと飛んでゆく。

「クリュエチュチェのとこで休戦が始まった！」

「やれやれ。これで二十四時間は血を見ずにすむか」鎧戸の奥から、ため息まじりのしゃがれ声がした。


葬式は翌日の正午近くにとり行なわれた。

泣き人たちが遠方からやって来た。そしてしきたりに則って、自らの顔を擦りむき、髪の毛を引き毟（むし）るのだった。教会の脇にある古い墓地には、埋葬に立ち会う人々の黒い衣（チュニク）がひしめいていた。式が終わると、葬列はクリュエチュチェの家に帰った。そこにはジョルグも加わっていた。初めは葬式に参列するのを拒んでいたのだが、父親に説得されて最後には折れた。「それが掟だ」と父は言った。「埋葬に行かねばならぬ。死者の魂に捧げた弔いの宴にもな」「でもぼくは血の奪還者（ジャクス）〔アルバニア語の血（ジャク）から来た言葉だが侮蔑的含意はない。ジャクスは掟やしきたりによって義務を果たした者である〕です」とジョルグは答える。「あいつを殺したのはぼくなのに、どうしてその家に行く必要があるのです？」「それだからこそ行かねばならんのだ」父親はきっぱりとした口調で言った。「どこの誰よりも今日、埋葬と弔いの宴に欠けてならないのはおまえなのだ」「でもどうして」とジョルグはなおも問い返した。「どうしてぼくがそうしなければならないのです？」父親にきつく睨みつけられて、ジョルグは黙ってしまった。

そしていま、葬列の真ん中を、蒼ざめ、おぼつかない足取りで歩いている。皆の視線がちらちらと自分に向けられるのがわかる。だがその視線はすぐにそらされ、遠く霧のなかに消えていった。大部分が死者の縁者たちだ。もう百回目にもなるだろうか、彼は心のなかでそっとつぶやいた。どうしておれがここにいなくてはならないんだ！

彼らの目に憎しみの色はない。ただこの三月の日さながらに冷たかった。昨日狙う相手を待ちながら、彼自身が冷えきって憎悪もなかったように。墓は開かれんとしている。石や木の十字架はほとんどが傾き、うめくような鐘の音が聞こえる。そうしたことすべてが、いまや彼とじかに結びついていた。泣き人たちの顔には恐ろしい爪痕があり（あの人たちは、いったいどうやって一日で爪を伸ばしてしまうのだろう？　とジョルグは思った）、髪の毛は手荒に毟られ、目は腫れあがっている。そして単調な足音がジョルグの周囲に鳴り響く。これら死の構築物はすべて彼がもたらしたのだというのに、それだけではまだ足りないかのように、この厳かな葬列の真ん中で、皆と同じように喪に服しながら歩まねばならないなんて。

彼らのぴっちりとした白い羊毛のズボンについた飾り紐が、ジョルグの飾り紐と触れそうになる。それはいまにも咬みつき合いを始めようとしている黒い毒蛇を思わせる。だが彼は落ち着いていた。二十四時間の休戦に守られているのだから、どんな塔や城塞の銃眼に隠れるよりも安全だ。人々の持つ鉄砲の銃身が、短めの黒い衣(チュニク)の上にまっすぐ立っている。しかしいまのところは、ジョルグに向けて撃つことは許されない。それは明日かあさってになるだろう。そして村が彼のために三十日間の休戦を願い出てくれたなら、あと四週間は静かに過ごせる。そのあとは……。

ふと見れば目の前ほんの数歩のところで、軍用銃の銃身が一本だけ目立とうとするかのようにゆれている。その左にもう一本、短い銃身が立ち、さらにまわりを取り囲んでいくつもの銃身が上を向いていた。このうちどれが……「おれを殺すのだろう?」と頭のなかで言いかけて、少しでも語調を和らげようと、あわてて「おれを撃つのだろう?」と言い換えた。

墓地から死者の家までの道のりは、いつ果てるとも知れないように思えた。そのあとにはさらに堪えがたい試練が待っている。弔いの宴である。死者の近親者と同じテーブルを囲んで、パンをもらい、料理やスプーン、フォークが目の前に出され、食事をしなければならないのだ。

二度、三度と、こんなばかげた状況から抜け出したい、この葬列から走り去りたいと思った。昔からのさだめを犯したとして、皆は彼を罵り、嘲弄し、非難するだろう。それでもどんどんと遠ざかっていったなら、背後から撃たれるかもしれない。だが決して逃げ出すなどできないと彼にはわかっていた。昨日だって待ち伏せをやめてしまえなかったのだから。祖父も、曾祖父も、五百年、千年前の先祖も皆、こうしたことから何も自由にはなれなかったのだから。

死者の家が見えてきた。ポーチの丸屋根の上あたりに並んだ小さな窓には、黒い布がたれさがっている。ああ、ではあそこに入るのか！　彼は心のなかでうめいた。そして塔の低い扉までまだ百歩もあろうというううちから、石のアーチにぶつからないよう頭をかがめるのだった。

弔いの宴は規則に則って執り行なわれた。その間（かん）ずっと、ジョルグは自分が死んだときのことを考えていた。このなかの誰がわが家に来るのだろう？　彼自身が今日ここに来ているように。父が、祖父が、曾祖父が、そしてさらに前の先祖たちが、何世紀ものあいだ同じように出かけていったように。

引っ掻き傷だらけの泣き人たちの顔には、まだ血が滴っている。殺人があった村やその途中では、顔を洗ってはいけない決まりになっていた。家に戻ってからでないと、洗うわけにはいかないのだ。

みみず腫れになった頬や額は、仮面の顔のようだ。ジョルグは自分が殺されたときに、泣き人たちが顔を掻き毟っている様を想像してみた。これからも両家は子々孫々にいたるまでずっと、互いに果てしなく供し合う弔いの宴にのみ生きていくのだという気がした。そして宴にのぞむ前には、各々この血塗れの仮面をかぶることだろう。

午後、弔いの宴が終わると、村にまた異様なざわめきが戻った。あと数時間で、ジョルグ・ベリシャに二十四時間の休戦が切れてしまう。村の長老たちは、さっそく規則に基づいてクリュエチュチェ家に赴き、ジョルグのために三十日の長期の誓いを願い出ようとしている。

塔の戸口や、もっぱら女たちの部屋となっている二階、村の広場は、その話でもちきりだった。今年の春初めての血の奪還だったので、あれこれ事細かに取り沙汰するのも無理からぬことだ。殺人はすべて規則どおりに実行されたし、埋葬や弔いの宴、二十四時間の休戦等々についても、古来の掟がきちんと守られた。それなら長老たちがクリュエチュチェ家に求める三十日の休戦も、きっと受け入れられるだろうさ。

そうやって三十日の休戦についての最終決定を待ちながら、人々は掟が破られた古今の事例を、この村をはじめ周囲の地域、はては高地がどこまでも続く限り遠方の地方に関するまで、さまざまに語り合うのだった。規則に背いた者たちや、その者たちに加えられた厳しい制裁のことが語られた。そういえば、自らの家族の手によって処罰された者もいた。村から家族全員が罰せられたこともあったし、「旗じるし」〔多くの村からなる限定された区域のこと。かつては文字通り旗じるしの持ち主である地方官に従属していた〕、つまり村の連盟によって、ひとつの村全体に制裁が加えられたこともあった。だが幸いにも、この村はもう何年もそうした恥辱を被る羽目にはなっていないと、人々は安堵のため息まじりに言うのだった。すべて古来のしきたりどおりに行なわれてきた。範を犯そうなどというばかげた考えを抱く者は久しくあらわれていない。このたびの復讐も規則に則って行なわれたのだし、血の奪還者であるベリシャ家のジョルグは若いながらもあっぱれな態度で、敵の埋葬や弔いの宴にのぞんだ。クリュエチュチェ家もきっと三十日の休戦を受け入れることだろう。それに血の奪還者がにわか人気に乗じて、英雄きどりで自分の行為をそこらじゅうに吹聴してまわろうなどという気を起こしたならば、村としてもいったん認めた長期の休戦を解消することもできるのだから。だがまさかベリシャ家のジョルグに限ってそんな輩ではない。それどころか控え目で思慮深いともっぱらの評判で、そうした無分別とはおよそ縁のない若者である。

長期の休戦をクリュエチュチェ家が認めたのは午後遅くになって、短期の休戦期間が切れる数時間前のことだった。村の長老のひとりが先方の家からベリシャ家の塔を訪れてこの知らせを告げるとともに、ジョルグがそれに乗じて羽目をはずさないようあらためて釘をさした。

長老の代表が行ってしまうと、ジョルグは家の隅にぼんやりとすわり込んだ。これから三十日間は身の危険はない。そのあとは、死に四方からつけ狙われることになる。太陽を避け、月あかりや松明も避けて、蝙蝠（こうもり）のように闇のなかを動きまわるしかなくなるのだ。

三十日か、とジョルグは思った。本街道沿いの崖から放った一発の銃弾が、唐突に彼の人生を二つに分断してしまった。一方にはいままで生きてきた二十六年間。他方には今日三月十七日から始まり四月十七日に終わる三十日間。その先には、いつ果てるとも知れぬ蝙蝠の生活が始まる。ジョルグは小窓に縁取られた風景を横目で眺めた。外は三月。半ば微笑み、半ば凍りついたま、三月はこの月特有の危険な山の光に照らされている。やがて四月がやって来る。というか四月の前半が。ジョルグは左胸のあたりが虚ろに感じられた。四月は、早くも蒼ざめた痛みに包まれている……。そうなのだ、四月はいつもそんな印象だった。何かをまだやり終えていない月。歌にうたわれる四月の恋。未完成な彼の四月……。結局これでよかったのだ、とジョルグは思ったが、これというのが何なのかはよくわからなかった。兄の復讐を果たしたことかもしれないし、復讐が行なわれた時期のことかもしれない。

三十日の休戦が認められてからまだ半時間ほどしかたっていなかったが、ジョルグは自分の人生が二つに分断されているのだという考えにほとんど馴染んでいた。いまでは、人生はいつも二つに分かれていたような気さえした。二十六年間の長きにわたり、ゆっくりと倦んでいった半生。それは二十六の三月と二十六の四月、そして同じ数だけの夏と冬からなっている。そしてもう一方の、短いが雪崩のように激しく荒々しい四週間、樹氷に輝く二本の折られた枝のような、三月と四月の半分ずつの生。

残された三十日間に、いったい何をしようか？　長期休戦のあいだには、それまでできなかったことを急いでやり遂げるのが普通である。果たすべき大事が特に残っていない場合は、日常の仕事を行なう。収穫の時期ならば麦の束を集め、種蒔きも収穫もないときならば、さらにありふれた仕事をする。例えば屋根の修理のような。そんな仕事の必要もなければ、ただ外に出て野原を歩きまわり、コウノトリが飛ぶ様や、十月初めての樹氷をあらためて眺めたりする。婚約中の者なら、たいていこの間に式を挙げるが、ジョルグにはそれもない。遠方の旗じるしに住む婚約者は、彼と一度も会うことなく、長患いの末に去年死んでしまった。以来彼の生活に女っけはない。

ジョルグは霧に包まれた景色の断片を見つめたまま、残された三十日間に何をしようかと考えていた。だいいちこの猶予期間は、彼には短すぎるように思われた。何にせよ、事をなすには不十分な、ほんの一握りの日数だ。だが数分もすると、今度はそれが恐ろしく長く、まったく無益な期間に思えてくるのだった。

三月十七日、と彼は無意識のうちにつぶやく。三月二十一日、四月四日、四月十一日、四月十七日。十八日。死の四月。いつまでも続く死の四月、死月、そしてもはや五月はない。もはや永遠に。

こんなふうに何度も繰り返し、三月から四月へといくつもの日付をぶつぶつとつぶやいていたとき、上階から降りてくる父の足音が聞こえた。父は手に防水布の財布を持っていた。

「そらジョルグ、血に払う五百グロシュだ」そう言って父は財布を差し出した。

ジョルグは目を見ひらいて、両手を背中のうしろに隠した。この呪われた財布から、手をなるべく遠ざけようとするかのように。

「どうして?」と彼は消え入るような声で言った。「なぜなのです?」

父は驚いてジョルグを見つめた。

「なぜ、どうしてだって? 血の税を納めねばならんことを忘れたわけではあるまい?」

「ああ! そうでした」ジョルグはほっとして答えた。

財布はまだ目の前にぶらさがっている。彼は手を伸ばした。

「あさってには、オロシュの塔に向けて発たねばならん」と父は続けた。「ここからだと、歩いてまるいち日はかかるからな」

ジョルグは旅に出るような気分ではなかった。

「先に延ばすわけにはいかないのですか、父さん。そのお金はすぐに支払わなければならないのですか?」

「ああ、すぐにだ。できるだけ早くすまさねばならんことなのだ。血の税は殺人の直後に納めねばならん」

財布はいま彼の右手にある。それがずっしりと重く感じられた。なかには、この日のために何週間、何か月にもわたって貯めた金が入っている。

「あさって、オロシュの塔だぞ」と父は繰り返した。

父は窓に近づいて、外にある何かをじっと見つめた。その目には、安らかな光が輝いていた。

「来なさい」彼は静かに息子に言った。

ジョルグは父のほうへ行った。

外には、洗濯物を干すため庭に張った針金に、シャツが一枚吊るしてある。

「おまえの兄のシャツだ」と父親はつぶやくように言った。「メヒルのシャツだ」

ジョルグの目が釘づけになる。白いそのシャツは風にはためいて、楽しげに波うち、膨らんでいた。

兄が死んだ日から一年半を経て、あの日不幸な兄が着ていたシャツを、母親がようやく洗ったところなのだ。一年半のあいだ、シャツは掟の命によって血塗れのまま塔の上階に掛けられて、血の奪還を待っていた。血の染みが黄色くなり始めたら、それは殺された者が復讐を待ち侘びている何よりものしるしだと言われていた。紛うかたなき指標として、シャツは復讐の日を指し示していた。このシャツをとおして、死者の眠る大地の奥深くから合図が送られてくるのだ。

ひとりの時間に、ジョルグは何度この陰気な階にのぼってシャツを眺めたことだろう！　血はいつも黄ばみを増していた。それは死者が安息を見つけていないしるしだ。ジョルグはこのシャツが水と石鹸の泡に洗われ、春の空のように白く輝くのを何度夢見ただろうか！　だが朝、目覚めてみると、固まった血の茶色い染みが飛び散ったまま、シャツはあいかわらずそこにあった。

そしていまシャツは針金に干してある。だが奇妙なことに、それはジョルグに何の安らぎももたらしてはくれなかった。

そのころ、古い旗が降ろされたあとに新たな旗が掲げられるように、クリュエチュチェ家の塔の上階に新たな犠牲者の血に塗れたシャツが吊るされていた。

乾いた血の色には、季節の暑さ寒さやシャツの材質も影響する。だが誰もそんなことは考えない。血の変色はすべて神秘的なメッセージとして受け取られ、誰ひとりそれを疑う者はいなかった。

第二章

数時間前から、ジョルグは高原を歩いていた。だがオロシュの塔(クーラ)が近くに見えてくる気配はまだまったくない。

霧雨の下に、名もない荒野、彼の知らない荒野が、殺伐としてもの悲しげな姿を次々にあらわす。荒野の背後には、霧に覆われた山なみが微かに見てとれる。霧のヴェールごしに見ると、さまざまな起伏の山脈というよりも、ひとつの大きな山が、蜃気楼のなかさながらに、いく重にも青白い影を映しているかのようだ。霧のせいで山々には実在感が欠けていたが、晴れて岩や絶壁が鮮明に見えるときよりも、不思議と心に迫るものがあった。

ジョルグの耳に、靴の下で小石が軋む微かな音が聞こえる。道筋には村も疎らで、郡の役所や旅籠(はたご)となるとさらにわずかだった。だがたとえ多くの村があったとしても、ジョルグには寄り道などしている余裕はなかった。日暮れか、遅くとも晩には何としてもオロシュの塔に到着して、翌日には帰宅しなくてはならない。

道中ほとんど人影はなかった。ときおり、ジョルグと同じくひとりどこかへ向かう山人(やまびと)が霧のなかからあらわれた。こんな霧の日にはおしなべてそうなのだが、遠くに見える人々は名もなく朧げに感じられた。

集落も街道と同じく静まりかえっていた。ところどころ建っている家から、ゆらゆらと煙がたちのぼっている。「塔であれ、藁ぶき小屋であれ、いかなる建物も、炉を持ち煙を発するものは人家である」掟(カヌン)に出てくるこうした住居の定義は子どものころから知っていたが、なぜそれがいま、急に思い浮かんだのかはわからなかった。「庭から声をかけずに、人家に入ってはならない」だがおれは、ところかまわず戸を叩いて入っていくつもりなどない。彼は心のなかでうめくようにそう叫んだ。

雨は降り続いている。途中、別の山人の一行に出会った。トウモロコシの袋を担いで、列をつくって歩いている。重い荷の下で、その背はひどく曲がっているように見えた。なかの穀物が湿って、重みを増しているのだ、とジョルグは思った。そういえば以前彼も、雨のなかを郡庁の倉庫から村まで、トウモロコシの袋を運んだことがあった。

荷を担いだ山人たちがどこか後方へ遠ざかると、彼はまた本街道にひとりぼっちになった。道の両縁は、はっきりとわかるところもあれば、判然としないところもある。ところどころ水が溢れたり地崩れしたせいで、道幅が狭まっていた。「道の幅広きことは、旗竿の長きことと同じなるべし」と彼はまたつぶやいた。先ほどから、知らず知らずのうちに、掟に書かれた道の定義を思い出していたのだ。「道には人も、また家畜も通る。生者も、また死者も通る」

彼はひとり微笑んだ。どうあがいても、この定義から逃れられやしない。思いあがってはいけないのだ。掟は見かけよりもずっと力強い。その力は土地の私有や畑の境界など、いたるところに及んでいる。家の建築、墓地、教会、道路、市、結婚にまで入り込み、高原の牧草地をのぼって天にまで達し、雨となって降りそそぎ水路を満たす。殺人事件のうち優に三分の一は、水争いが原因なのだ。

どうしてもこの手で人をあやめねばならないのだと初めて心が決まったとき、ジョルグは流血の法に関する掟を残らず思い返してみた。まずは銃を撃つ前に言うべき言葉を忘れないこと。それが肝心な点だ。死体をしかるべき方向へひっくり返し、相手の武器をその頭上に立て掛けるのも忘れてはならない。それが第二の要点だ。あとはどれも簡単で、案ずるまでもない。

もっとも流血の法は掟のごく一部、たった一章を占めるにすぎない。だが数週間、数か月を経るあいだにジョルグは理解した。掟の大部分は日常生活に関するもので、血に染まっていないとはいえ、血塗れの部分と切り離しがたく結びついている。だからどこまでが血に塗れ、どこからがそうではないかは誰にもわからない。両者は互いが互いを作りだしているのだ。純白の部分が血塗れの部分を生み、また血塗れの部分が純白の部分を生み出す。それがいつまでも、いく世代も続いていく。

ジョルグは、遠くから馬に乗った一隊がやって来るのに気づいた。少し近づいてみると、なかに花嫁の姿が見えて、一隊が婚礼参列者(クルーシュク)、つまり花嫁を夫のもとに送り届ける親類たちだとわかった。雨に濡れて皆疲れているようだった。ただ馬の鈴だけが、この行列にわずかな活気を与えていた。

ジョルグは離れて道をあけた。彼と同じく婚礼参列者たちも、持っている武器が雨に濡れないよう銃身を下に向けていた。嫁入り衣装が入っているらしい色とりどりの包みを見ていると、いったいどこの片隅、どの箱、どのポケット、刺繡の入ったどのチョッキに、花嫁の両親は「嫁入りの銃弾」を忍ばせたのだろうなどと考えてしまった。花嫁が逃げようとしたならば、掟の定める権利によって夫が花嫁を殺すときに使うあの銃弾を。そうした思いには、長患いのために結婚できなかった婚約者の思い出が混ざり合っていた。婚礼の列が通るのを目にするたびに、彼はいつも婚約者のことを思わずにはいられなかった。だが今日はなぜか、慰めの気持ちに胸の痛みは和らぐのだった。もうすぐ彼もあとを追うのだから、先に逝ったほうが、寡婦となっていつまでも生きるよりも、おそらく彼女にはよかったのだ。「嫁入りの銃弾」は、花嫁が逃げ出したとき殺すようにと両親が夫に渡すものだが、ジョルグなら初夜の晩すぐに、谷底にでも捨ててしまうだろう。あるいはすでに彼女がいないいま、ただそんな気がしているだけなのかもしれない。もはや存在しない誰かを殺すなんて、影と戦うみたいに現実感がなかった。

花嫁の親戚たちが視界から消えてしまうと、彼らのことはもう頭から薄れていった。ジョルグはもう一度、彼らが規則にのっとり道を行く姿、婚礼参列者（クルーシュカパル）の長が列の後尾を守る様子を思い描いた。ただ想像のなかでひとつだけ異なっていたのは、ヴェールをかぶっているのが花嫁ではなく、かつての婚約者だという点だった。「婚礼の日は決して延期されない」と掟は言っている。「たとえ新婦が死にかけていても、付添いの者たちは無理やりにでも夫の家に運ばねばならない」婚約者が病気のころ、まぢかに迫ったジョルグの結婚式が家で話題になったおり、よくこうした言葉を耳にしたものだ。「たとえ家に死者があろうとも、婚礼参列者の道をさえぎってはならない」「婚礼参列者は家に死者があろうとも出発する。花嫁が家に入るとき、死者は家から出る。一方では泣き、他方では歌う」

こんなことを必死に思い返しているうちにジョルグはすっかりうんざりして、しばらくはもう何も考えないようにした。道の両側には荒地と、そしてまた石ころだらけの名もない土地が広がっている。どこか右手のほうから水車があらわれ、さらに遠くには羊の群れと、墓地を従えた教会が見えた。その傍らをジョルグはふり向きもせずに通り過ぎていったものの、それでも水車や家畜の群れ、教会と墓地に関する掟の部分が、また思い出されてしまうのだった。「司祭は復讐に関わってはならない。一族郎党の墓に、よそ者の墓が混じってはならない」

「もうたくさんだ」と言いたくなったが、そんな気力もなかった。彼はうなだれ、変わらぬ足取りで歩き続けた。遠くに旅籠の屋根が見える。そのむこうには女子修道院と羊の群れ、さらに遠くには煙がたっており、おそらく集落があるのだろう。このひとつひとつに百年来の規則が存在していて、誰もそこから逃れはできない。いまだかつて、規則を逃れえた者はいない。でも……司祭は復讐に関わってはならない、と彼は繰り返した。掟のなかでも、もっともよく知られた条項のひとつだ。そんなことを考えながら、女子修道院の見える街道を歩いていた。司祭でありさえすれば掟の定めにとらわれずにすんだのだと思うと、今度は修道女たちのことが頭に浮かんでくる。修道女は若い司祭たちと関係を持っているらしい。なかのひとりと、おれも結ばれるかもしれない。だが修道女たちが剃髪しているのをふと思い出して、彼は空想をふり払った。それでは掟に関わらないためには、司祭だったらよかったのか。だが掟の他の条項は司祭にも及んでいるのだから、免れるのは血の奪還だけにすぎない。

やがてジョルグは、血塗れの掟にすっかりとらわれてしまったような気がしてきた。血ぬられた部分こそ掟の本質である。誰もが同じ鎖で結ばれているのだと、いくら思ってもあきらめきれなかった。司祭のほかにも、血の規則を逃れている者は数多くいるのだから。前にもそんなふうに考えてみたことがあった。この世は二つに分かれている。血の法律にとらわれている世界と、血の法律の外にある世界だ。

血の法律の外か……。ジョルグはため息が出そうになった。そうした家では、いったいどんな生活を送っているのだろうか？　朝はどのように目覚め、夜はどのように眠りにつくのだろう？それはほとんど信じがたいこと、小鳥たちの暮らしのように遠いもののように思えた。だがそういう家は存在するのだ。考えてみれば、彼自身の家だって七十年前はそうだった。あの秋の運命の夜、ひとりの男が扉を叩くまでは。

父は、そのまた父親から聞いたクリュエチュチェ家との諍いの経緯を語ってくれた。父の話には、双方に二十二ずつ、合わせて四十四の墓が連なっていた。そこにはまた殺人の前に発する簡潔な言葉があり、しかし言葉よりもむしろ沈黙があり、すすり泣きがあり、ぜいぜいという喘ぎのなかに消えた末期の望みがあり、吟遊詩人の歌う三つの歌があり（ひとつはやがて忘れられた）、誤って殺され、規則に従って賠償を受けた女の墓があり、避難の塔に籠った両家の男たちがあり、最後になって挫折した和解の試みがあり、婚礼のさなかに行なわれた殺人があり、短期や長期の休戦締結があり、葬儀の宴があり、「ベリシャ家の誰それがクリュエチュチェ家の誰それを撃ったぞ」と叫ぶ声、またその逆を叫ぶ声があり、松明と村を行き来する人々があり、そんなふうにあの三月十七日の午後まで続いたところで、死の舞踏のなかにジョルグの番がめぐって来たのだった。

すべては七十年前、冷たい十月の夜、ひとりの男が戸を叩いたときに始まったことだった。それはいったい何者だったの？　扉を叩いた男の話を初めて聞いたとき、幼いジョルグはたずねた。これまでいく度となく繰り返されてきた問いだが、答えられた者は誰もいない。男の正体を誰ひとり知らなかったからだ。いまでもジョルグには、扉を叩いた者が本当にいたとは思えない。扉を叩いたのが見知らぬ旅人だったなんて、亡霊か運命そのものであったというほうが、まだしも信じられる気がした。

男は扉を叩いたあと、戸口から声をかけて一夜の宿を求めた。家の主人であったジョルグの祖父は、男を迎え入れた。慣習に則って男に食べ物が運ばれ、寝床が用意された。翌朝早く、やはり慣習どおりに一家の男子である祖父の弟が、その見知らぬ訪問者に付添って村はずれまで行った。もう少しで村を出るというところで、一発の銃声がした。男は撃ち殺され、ちょうど村の境界に倒れた。掟によれば、客が目の前で殺されたときには、その復讐をする義務がある。だが殺されたのが、ひとたび客に背を向けたあとならば、復讐の義務は免れる。客が撃たれたとき、たしかに付添いの者はもう背を向けていたのだから、復讐の必要はない。だが目撃者がいなかった。朝もまだずいぶんと早い時間で、証言できる人があたりには誰ひとりいなかったのだ。それでも付添いの者が誓って言うならば、掟はそれを尊重し、客が殺されたときにはすでに別れて背を向けていたと認められただろうが、ここにもうひとつ障害が生じた。死体の向きが問題となったのだ。見知らぬ客の復讐をする義務がベリシャ家にあるかどうかを決定する委員会が組織されて、この出来事を子細に調べた結果、ベリシャ家に義務ありとの結論に達した。男は仰向けに倒れ、顔を村のほうに向けていた。そうなると掟によれば、ベリシャ家は男に一宿一飯を提供し、村を出るまで彼を保護する義務があったのだから、やはり復讐の責を負うことになる。

ベリシャ家の男たちは押し黙って森から戻って来た。そこでは委員会が、死体のまわりを何時間もめぐって調査していた。女たちは塔の窓から見てすべてを悟った。手短な報告を聞くと、女たちの蠟のように蒼白な顔はいっそう蒼ざめたが、それでも一家に死をもたらした見知らぬ客人に対する呪いの言葉が、少しでも口を突いて出ることはなかった。客人は神聖なるものであって、山人の家は自分や家族の住まいであるより前に、神と客との住まいであると定められていたからだ。

見知らぬ客を撃ったのが誰かは、その日のうちに判明した。クリュエチュチェ家の若者で、以前からずっと男のことをつけ狙っていたのだった。カフェで女を前にして侮辱を受けたからだが、その女も知り合いというわけではなかった。

こうして十月のいち日が終わるころ、ベリシャ家はクリュエチュチェ家と反目し合う仲になっていた。それまで穏やかだったジョルグの家は、大いなる復讐のからくりに巻き込まれてしまった。以来四十四の墓が掘られたが——さらにこの先いくつ掘られることか——すべてはあの秋の晩、扉を叩くコツコツという音から始まったのだった。

ひとりでとりとめもない思いに耽っているときなど、ジョルグはよく空想したものだった。その夜遅くにやって来た客人がうちの塔ではなく、別の扉を叩いていたならば、わが家の生活はいったいどんなふうだったろう。扉を叩くその音を、魔法の力で現実からぬぐい去ってしまえるなら、そうしたら、ああ！　そうしたら、（ジョルグには伝説がとても自然なものに思えた）、四十四の重い墓石が動きだし、四十四人の死者が起きあがり、顔から土を払って生者のなかに戻って来るだろう。生を受けなかった子どもたちや、そのまた子どもたちも、死者とともにやって来て、そしてすべてはまるで違っていたことだろう。そうなのだ。もし魔法の力で事態を正しい方向へ戻せるなら、ああせめて、男が足を止めたのがもう少し、もう少し遠くだったなら……。だが男はまさにそこで立ち止まり、いまとなってはもう誰にも変えられはしない。男の倒れた方向も、決して変えられはしない。あるいは、古くから続く掟の規則を変えることだってできはしない。扉が叩かれなければ、何もかもがまったく違っていただろう。ジョルグはときに想像してみるのが恐ろしいくらいだった。そしてあきらめの気持ちで思うのだった。こうなるしかなかったのだ。それに血の渦中にない暮らしはもっと静かだろうが、だからこそもっと色あせて、つまらないものかもしれない。彼は復讐の外に暮らしている家族をいくつも思い浮かべてみたが、ことさら幸せそうな様子は見あたらなかった。彼らは死の脅威がないためにかえって生のありがたみも知らず、幸福もほどほどにすぎないように思われた。反対に復讐に巻き込まれた一家では、日々の流れ、季節の流れが異なっていて、内側からさわさわと震えているかのようだ。そうした一家の者たちはいっそう美しく見え、若い男なら娘たちの好意を得た。たったいますれ違った二人の修道女でさえ、彼の袖に縫いつけられたリボン——死を望み、あるいは死に望まれていることを示す黒いリボンに気づくと、奇妙な目つきでじっとこちらを見ていた。だが本当に重要なのはもっと別の、自分の内部に生まれてくる何かなのだ。恐ろしいと同時に厳かなもの。自分でもどう説明してよいかわからない。まるで胸から心臓が飛び出したようだ。むき出しになった心臓は、敏感で傷つきやすい。些細なものや雄大なもの、例えば蝶、木の葉、果てしなく広がる雪景色、今日のような陰鬱な雨、何を見ても嬉しく、また悲しくなった。だがそうしたすべてに——さらには空まで落ちてこようとも——彼の心臓は耐えていたし、まだいっそう耐える余力があった。

もう何時間も歩いているものの、膝が軽く痺れているほか、疲労感はまったくない。雨は降り続いていたが、まるで雲の根が切り取られたかのように、水滴の数は減っていた。すでに国境(くにざかい)を越え、もう隣の地方に来ているのは間違いないのだが、景色はほとんど変わらなかった。山々の肩ごしに別の山が、不思議そうに立ちすくんで顔をのぞかせ、集落はじっと押し黙っている。何人かの山人の一団とすれ違ったとき、オロシュ城へ行く道はこれでいいのか、到着までまだどれくらい歩かねばならないかたずねてみた。道は間違いないが、日暮れまでに着きたいのなら急がねばならないという返答だった。相手は話しながら、ジョルグの袖の黒いリボンにちらちらと目をやった。そしておそらくこのリボンが故だろう、急いだほうがいいといま一度念を押すのだった。

急ぐさ、急ぐとも、とジョルグは思った。恨みがましい気持ちがないわけではなかった。心配しなくとも日暮れ前にはちゃんと着いて、税を払うとも。突然の怒りのせいなのか、それとも見知らぬ旅人たちの忠告に無意識に従ったからなのか、自分でもよくわからないが、事実彼は足を速めていた。

街道を行く者は、いまや彼ひとりきりだった。道は、水の枯れた河床が筋をなす狭い丘を抜けていく。周囲は寥々(りょうりょう)たる荒野だ。遠雷の轟きが聞こえたように思って、彼は顔をあげた。飛行機が一機、雲のあいだをゆっくりと飛んでいる。ジョルグは驚いたようにしばらくそれを目で追った。首都ティラナと、どこかヨーロッパの遠国を結ぶ旅客機が、隣の地方の上空を週に一度飛ぶという話は聞いていたが、いままで一度も見たことがなかった。

飛行機が雲間に姿を消すと、ジョルグは首筋に痛みを感じた。そういえば目でずっと飛行機のあとを追っていた。飛行機が消えたあとには、どこまでも虚空が広がっている。ジョルグは思わずため息をもらした。いきなり空腹感に襲われて、倒れた木の幹か石でもないかとあたりを見まわした。そのうえに腰掛けて、持ってきたパン切れとチーズのかけらを食べようと思ったのだが、枯れた川の跡が残る剝き出しの荒野のほか、道の両側には何ひとつなかった。もう少し行ってみるか、とジョルグは思った。

はたして半時間も歩くと、遠くに旅籠の屋根が見えてきた。彼は小走りに旅籠まで行き、扉の前で一瞬立ち止まった。入ってみると、それは何の変哲もない、山岳地方にはどこにでもある旅籠だった。看板のひとつも出しておらず、尖った屋根、藁の匂いに大広間という塩梅である。樫の長いテーブルは両側とも焼け焦げだらけで、同じ樫の椅子には数人の客がすわっていた。なかの二人は、陶製の容器に盛ったインゲンの煮込みの上にかぶさるようにして、がつがつと食べている。もうひとりは頰づえをついて、ぼんやりとテーブルの板を見つめていた。

席につくと、ジョルグは銃身がテーブルにあたるのを感じた。肩から銃をおろして膝に置き、それから首をひとふりして、濡れた外套のフードをうしろに戻す。背後に人の気配を感じて、二階に通じる階段の両脇にも別の山人たちがいるのにようやく気づいた。彼らは黒い羊の皮や羊毛の荷袋の上にすわっていた。なかには壁に背をもたれてトウモロコシパンを牛乳に浸して食べている者もいた。ジョルグも立って鞄からパンとチーズを取り出そうかと思ったが、インゲンの香りに鼻をくすぐられて、温かいインゲンが急にどうしても欲しくなった。父親から一グロシュもらっていたが、本当に使っていいものか、そっくり持ち帰るべきなのかよくわからなかった。そのとき旅籠の主人が、不意に目の前にあらわれた。彼の存在はいままでまったく眼中に入っていなかった。

「オロシュの塔に行くのかね？」主人はたずねた。「どこから来なさった？」

「ブレズフソットから」

「それじゃあさぞかし腹がへっているだろう？　何か食べるかい？」

主人は痩せて、歪（いびつ）な体つきをした男で、ジョルグはイカサマ師に違いないと感じた。というのも、「何か食べるかい」とたずねたとき、ジョルグの目を見ずに、袖の黒いしるしをじっと見つめていたからだ。まるで「おまえさんの犯した殺人に五百グロシュ払う用意があるのなら、うちの店で二グロシュくらい使ったってバチは当たらんだろう」とでも言うかのように。

「何か食べるかい？」主人は再びたずね、ジョルグの袖からようやく視線をそらせたが、その目は彼の顔にではなく、どこかあらぬ方向に向いてしまった。

「インゲンをひと皿。おいくらですか？　パンは持っていますから」とジョルグは言った。

自分でも赤面しているのがわかったものの、たずねないわけにはいかなかった。何があっても、血の税に払う金には手をつけられない。

「四分の一グロシュ」と主人が答える。

ジョルグはほっとため息をついた。とって返した主人が、しばらくしてインゲンを盛った木の鉢を手に戻って来たとき、ジョルグは彼が斜視であるのに気づいた。そして何もかも忘れてしまおうとするかのように、料理の上に顔をふせて急いで食べ始めた。

「コーヒーはいかが?」空の食器をさげに来たとき、主人はまたたずねた。

ジョルグは少し戸惑ったように主人を見つめた。その目はこう言っているかのようだった。おれを誘惑しないでくれ。そりゃあ財布のなかには五百グロシュあるけれど、むしろこの首を差し出しますよ(やれやれ、あと三十日、いや早ければ二十八日後には、この首の価値なんてまったくそんなものだ)。オロシュの塔に持っていく財布から一グロシュでも渡すくらいなら……さっさと……この首を。だが主人は彼の心の内を見透かしたかのように言い添えた。

「とても安いよ。ただみたいなもんさ」

ジョルグはどうにもこらえきれずにうなずいてしまった。主人はテーブルと椅子のあいだを不器用に歩きまわって、空いた皿を片づけたり別の皿を配ったりしていたが、またいったん姿を消し、ようやくコーヒーカップを手に戻って来た。

ジョルグがコーヒーを啜っていると、数人の男たちが入ってきた。すると人々がざわめき出した。あわててふり向く顔もある。異形の主人が男たちのほうに向かう様子からも、この新来者があたりでは名の知れた者たちに違いないとわかった。うちのひとり、真ん中の男はとても小柄で、冷たく青白い顔つきをしている。そのうしろを、チェックの上着にズボンの裾をブーツに押し込めた、都会風のおかしな出で立ちの男がついてくる。三番目の男はどこかなげやりな様子で、その目は人を見下したような表情を湛えていた。だが衆人の注目は、やはり小柄な男に集まっている。

「アリ・ビナクだ、アリ・ビナクだ」と周囲で囁く声に、ジョルグ自身目をまるくした。この同じ旅籠で、かの有名な掟の解釈者と同席しようとは、信じられない思いだった。彼のことなら、子どものころから話に聞いている。

主人は部屋を横切って、賓客専用になっているらしい隣室に男たちを案内した。

小柄な男は、誰にともなくもぐもぐと挨拶をしながら、顔はまっすぐふり返らずに、主人のあとをついていった。自分の名声は意識しているのだろうが、ふつう背の低い男が威勢を振るうときのような尊大な態度は、不思議とこの男にはなかった。むしろその物腰や顔つき、とりわけその目のなかには、悟りきったかのごとき落ち着きが見て取れた。

新来者たちが別室に姿を消してからも、ひそひそと彼らのことを取り沙汰する声は止まなかった。ジョルグはコーヒーを飲み終えていたし時間も無駄にはできなかったのだが、しばらくそこにすわったまま、周囲から聞こえてくる話に興味深げに耳を傾けていた。アリ・ビナクが来た理由を誰か知っているかね？　そりゃ、きっと、何かやっかいな事件を解決するためさ。彼は生涯そうしているんだ。地方から地方へ、旗じるしから旗じるしへと呼ばれては、面倒な争いごとに助言を求められる。掟の解釈で、土地の識者たちの意見が分かれたときにはね。何百人もいる解釈者のなかでも、北部高地広し（ラフシュ）といえども、彼ほど高名な者は十人といない。だからどこであれ彼は意味もなく出かけはしない。今度もきっと隣の旗じるしで、近日中、明日にでも決着をつける予定の、込み入った境界線争いのために来たのだろう。でももうひとりの、薄い色の目をした男は誰だろう？　ああそうとも、もうひとりは誰なんだ？　あれはアリ・ビナクがよく連れている医者さ。特にやっかいな一件を扱うとき、なかんずく保証金を払わねばならない傷を数える場合などにね。それならアリ・ビナクが来たのは境界線の問題ではなく別の件だ。境界線争いに医者は関係ないからな。そうさ、みんな彼の来た理由がわかっていないのさ。彼はもっとややこしい事件のために来たに違いない。何日か前に、高原のむこうの村で起きた事件だ。喧嘩による発砲騒ぎに巻き込まれて女がひとり殺された。ところが、この女が身ごもっていたんだ。胎児を取り出してわかったのだが、男の子だった。村の長老たちは、子どもの復讐を誰が負うべきか決めるのに、大いに困惑したらしい。きっとアリ・ビナクは、この一件の解決に来たのだろう。

それではもうひとりの、おかしな出で立ちの男は何者なんだ？　とたずねる声がする。ほかの疑問と同様に、その問いにも答えはちゃんとある。あれは土地を測るために雇われている男さ。彼の仕事がまた妙な名前でね。なんとか士というのだが、口を曲げないと発音できないんだ。測、測……ああ！　そう、測量士だ。

「ということは、その測量士とやらがいる以上、やはり境界線の件に違いない」

ジョルグはそこでずっと聞いていたかった。旅籠ではほかにもいろいろと話が聞けそうだと思えばなおさらだ。だがこれ以上ぐずぐずしていては、時間どおり城に着けないおそれがある。もう迷い心が起きないよう思い切ってさっと立ちあがると、インゲン豆とコーヒーの代金を払って出ていきかけたが、間際になってもう一度道を確かめておこうと思いついた。

「まず本街道に出て」と旅籠の主人は言った。「それから〈婚礼参列者の墓〉に着いたところで道が二股になっているから、右に行きなされ。左ではないから気をつけて。わかったかね、右だよ」

外に出てみると雨はさらに弱くなっていたが、風はいっぱいに湿気を含んでいる。朝から変わらない暗い一日は、年齢不詳の女さながらに時刻も定かではない。

ジョルグは何も考えないようにして先を急いだ。道は灰色の荒地に沿って、どこまでも果てしなくのびている。いくつか、半ば崩れかけた墓が道に沿って並んでいるのが目に止まった。するとこれが〈婚礼参列者の墓〉だなと思ったが、道が二股になっていないところを見ると、もっと遠くらしい。はたして十五分ほど行くと、その墓があらわれた。地中に埋もれかけている様は前の墓同様だが、いっそう悲しげに苔むしている。墓の傍らを歩きながら、ジョルグはふと想像してみた。午前中に出会った婚礼参列者の一隊が途中で引き返し、この墓地のなかで永久(とわ)の眠りにつく様子を。

ジョルグは旅籠の主人に言われたとおり右に入った。あの古ぼけた墓地をもう一度ふり返って見たいという気持ちが、遠ざかるにつれて抑えがたくなってきた。しばらくはどうにか頭をからっぽにして歩き続ける。周囲の山並みや、もくもくとした雲の形に溶け込んでしまったような、おかしな心持ちだった。こんなもの憂げな歩みがどれくらい続いたかわからないが、できればいつまでも終わってほしくなかった。だが突然目の前にあらわれた光景によって、心はたちまち岩や霧から引き離されてしまった。それは朽ち果てた家の跡だった。

その脇を通りながら、彼は山積みになった石を横目で観察した。火事の痕跡は風雨によってすっかり洗われ、あとには気味の悪い灰色がかった色合いが残るばかりだった。こんな光景を見れば、ずっと喉もとに抑え込んでいた嘆きの声も放たれようというものだろう。ジョルグは廃墟を横目で見ながら歩き続けていたが、道に沿った浅い溝を急にひと飛びすると、石灰化した石の山に近づいた。そしてしばらくじっと佇んでいたが、つかつかと家の片隅に近づき、まるで瀕死の人間を前に、傷の位置を調べ凶器の特定を試みている者のように、かがんでいくつかの石を払いのけた。残りの隅についても同じようにまわってみたが、隅石がすべてはずされている。歓待の掟を破った家だ。掟が定めるもっとも重い罪、つまり誓い(ベーサ)によって結ばれた客人を裏切った家は、燃やしたあとにそうすることになっていた。

ジョルグは、数年前に村で誓いが破られたときに課された罰を思い出した。殺人者は、集まってきた村中の男たちの手で銃殺になり、復讐には値しないと言い渡された。誓いが破られ、客が殺された家は燃やされることになった。住人に罪はなかったが、一家の主人は率先して火を放ち、斧をふり降ろした。「この過ちを、村と旗じるしにそそがせたまえ」と叫びながら。その背後に、やはり松明と斧を手にして、村中の男たちがやって来た。そんなことがあってのち数年のあいだは、家の主人に物を手渡すときは必ず左手で、脚の下からとされた。客人の血を取り戻さねばならぬことを、彼に思い出させるために。というのも父親や兄弟の血、そしてわが子の血でさえも免除は可能だが、客人となるとそうはいかないからである。

この家でどのような背信が犯されたのだろうと、ジョルグは足で石を二つ、三つ押しながら思った。石は鈍い音をたてた。ほかに家がないかと周囲を見まわしたが、二十歩ほど行ったところに廃屋が見えるだけだった。いったいどういうことなのだろう？ 思わずそちらに駆けより、ひとまわりしてみると、やはり四隅の礎石が抜かれている。村中が罰を受けるなどありうるだろうか？ だがもう少し先で別の廃墟に行きあたると、さすがにそう思わざるをえなかった。数年前、ある遠方の村が誓いを破って、旗じるしによって罰せられたという話を聞いたことがあった。村どうしの境界線争いで、調停者のひとりが殺された。殺人のあった村は、旗じるしから課された血の奪還を軽率にも実行しなかったため、旗じるしは村を焼き払うよう決めたのだった。

ジョルグは廃墟から廃墟へ、ふらふらと影のように彷徨い続けた。村中を死に引き入れた男とは、いったい何者だったのだろう？　廃墟は恐ろしいまでの静けさだった。ホウ、ホウと鳥の鳴く声がした。あれは夜にしか鳴かない鳥だ。ジョルグは塔に行く時間が残りいくばくもないことを思い出し、目で本街道を捜した。また鳥の鳴く声が、今度はずっと遠くから静寂のなかを貫いた。この不幸な村で、誓いに背いた男とは何者だったのだろうか？　ジョルグは再び自問した。ホウ、ホウと答える声が、彼の耳には何だか「ジョルグ、ジョルグ」と自分の名を言っているように響いた。「ほら、あの声が聞こえたろう」笑みを浮かべながらそうつぶやくと、彼は本街道に向かった。

とぼとぼと街道を歩きながら、打ち壊された村が残した重苦しい気持ちを少しでもふり払おうとするかのように、彼は掟の定めるもっとも軽い罰は何だったか思い出そうとした。客人を裏切るなどめったにないから、家が焼かれることも稀だし、村全体となればなおさらだ。彼の記憶では、もっと軽い過ちならば、掟の命により罪人とその家族は旗じるしから追放される。

ジョルグはさまざまな懲罰がいっせいに頭に渦巻くのを感じて、それから逃れようとするかのように足を速めた。罰にもいろいろある。村八分ならば、罪人は永久に、徹底的に除け者にされる（葬式、婚礼には出られず、小麦粉を借りる権利もない）。土地の耕作、および木の伐採を禁じる。断食を課す（家族内で）。二、三週間、武器を肩に担いだり、ベルトに差してはいけない。

家のなかにつながれるか、閉じ込められる。家長、主婦の権限を剝奪されるなど。

　とりわけ彼を長年苦しめたのは、自分の家で責めを課されるかもしれないという思いだった。その苦しみは、兄の血を取り戻さねばならないと決まった日から始まった。

　一月のあの日のことは、いつまでも脳裏から離れない。父親が塔の上階にある居間に彼を呼んで、二人だけで話そうと言った。いつになく明るい朝で、空と積雪が目に眩しかった。世界はガラスのようにきらめき、澄み切った狂気を孕んで、いまにも滑り落ち、無数のかけらとなって崩れ散るかのように思われた。父が彼に責務を果たすよう促したのは、そんな朝のことだった。ジョルグは窓際にすわって、父親が血について語るのを聞いていた。まるで世界中が血に塗られたかのようだった。血は雪を赤く染め、血の海が広がって、いたるところに凝結していた。だがその赤い色は、自分の目のなかにあるのだと気づいた。彼はうなだれて父親の話を聞き続けた。その後の何日間か、ジョルグは命令に従わない者が家族から受ける罰を、なぜか初めて心に数えあげたのだった。人を殺すのが嫌なのだと認めたくなかった。クリュエチュチェ家に対する憎しみは、父親がその一月の朝いくらジョルグの心に灯そうとしても、陽光の輝きには抗いきれないように思えた。憎しみの炎が燃えあがらないのは、なによりも火をつけようとしている父親自身が冷めているからだということに、ジョルグはそのとき気づいていなかった。おそらく長年にわたる復讐のあいだに、憎しみはゆっくりと冷めていったか、もしかしたらそんなものは初めから存在しなかったのかもしれない。父親がいくら言ったところで、ジョルグは不安と恐れを抱きこそすれ、殺すべき相手を憎むことはできないと感じていた。続く数日間、命令に従わない者が家族から受けるさまざまな罰のことを、気がつくと何度も考えているうちに、自分は血を流さないよう心の準備をしているのだとわかり始めた。だが同時に、家族によって課される罰に思いをめぐらせても意味がないのだと気づいた。周知のごとく、血の奪還を怠れば、別のもっと厳しい罰が待っていることは、彼自身よくわかっていた。

血の奪還について二度目に話し合ったとき、父の口調は厳しさを増した。日和も前とは違って、くすんだ、もの悲しい一日だった。雨は降っておらず、霧さえもなかった。陽光も言うに及ばなかったが、こんな白ちゃけた空では、日が照るのももったいないくらいだ。ジョルグは父親の視線を避けるようにしていたが、とうとう罠にはまるように目と目が合ってしまった。

「見てごらん」そう言って父は正面の壁に掛かっているシャツのほうに顔を向けた。

ジョルグはそちらをふり返った。首の血管がぎしぎしと軋んで、まるで錆びついたようだった。

「血が黄ばみかけている。死者が復讐を求めているのだ」と父が言った。

たしかに布についた血は黄色くなっていた。というかむしろ、長年使っていなかった蛇口から出た水の赤錆色になっていた。

「ずいぶんと遅れているぞ、ジョルグ」と父は続けた。「わが家の名誉が、いや何よりもおまえの名誉が……」

「名誉の指跡が二つ、全能の神によってわれわれの額に押されている」それから数週間というもの、ジョルグは何百回となく掟の言葉を反芻してみた。その日父親が引いた掟の言葉を。「汚れたおまえの顔をそそぐも、さらに汚すもおまえの自由だ。男の面目を保つか否かを決めるのはおまえ自身だ」

おれは自由なのだろうか？　のちに塔の上階でひとりもの思いにふけっているとき、彼は自問したものだった。あやまちを犯したときに父が課す罰など、名誉を失うことに比べたらものの数ではなかった。

額に名誉の指跡が二つ……。彼は手で額に触れてみた。名誉のある正確な位置を確かめるかのように。でもどうして名誉はちょうど額になければいけないのだろう？　この言葉は人口に膾炙しているものの、誰も鵜呑みにしているわけではない。だがジョルグにはその意味がやっとわかった。額は銃弾で相手の頭を撃つときに狙うべき場所だからこそ、名誉は額の中心に位置しているのだ。正面から敵の額の真ん中を撃ち抜いたときには、「当たりの一撃」と老人たちは言ったものだ。だが銃弾が腹や手足、背中にあたったときには、「はずれの一撃」と言われた。

ジョルグは上階にあがって兄のメヒルのシャツを見るたびに、額のあたりが焼けつくような感じがした。布についた血痕は日に日に色あせていく。これから暑くなれば黄ばんでくるに違いない。そうなればジョルグや家族の者たちにコーヒーを出すとき、カップは脚の下から渡されるようになるだろう。掟の目に、それは死を意味する。

もうどうしようもない。罰に耐え、あらゆる犠牲を忍ぼうとも、救われはしないのだ。膝の下から渡されるコーヒーなんて、考えただけでも身の毛がよだつ。それがどこか彼の行く末に待ち受けているのだ。すべての扉が閉ざされている。ひとつを除いて。屈辱を逃れる道は掟のなかにしかない。そう掟は定めている。クリュエチュチェ家の眷属(けんぞく)のひとりを殺してこそ、扉は開かれる。こうして去年の春、ジョルグはついに待ち伏せにかかる決心をした。

するとたちまちにして、家中が活気づいた。彼を包んでいた沈黙が突然音楽に満たされ、冷たい壁が和らいだような気がした。

本当ならとっくに義務を果たして、避難の塔に籠って静かに暮らしているか、あるいは土の下でさらに穏やかな眠りについているところなのだ。もしあのことがなかったならば。遠くの旗じるしに嫁いでいた伯母のひとりが、前触れもなしにやって来たのだ。心を痛めた伯母はなんとか流血の事態を止めようと、七つ八つの山を越え、そして同じ数だけの野を越えてやって来た。ジョルグは父親のあとたったひとり残る一家の男子だ、と彼女は言った。「だからここでジョルグが殺され、そしてクリュエチュチェ家の者を倒せば、次に来るのは父の番です。そうしたらベリシャ家は絶えてしまう。いけないわ。樫の木が枯れていくのを、手をこまねいて見ていてはだめ。

血の買い戻しを求めましょう」

初めは誰も伯母の話に耳を傾けようとはしなかった。やがて皆黙って彼女に話させるようになり、しまいには彼女の忠言に賛成も反対もしなくなって、いたずらに時が過ぎていった。皆疲れていたが、伯母だけは疲労の色を見せなかった。昼な夜な努力を重ね、いとこたち、親戚たちひとりひとりの家を順番に訪ね歩いて、とうとう目的を果たしたのだった。死と喪に明け暮れた七十年の末、ベリシャ家は血を買い戻すようクリュエチュチェ家に申し出ることにしたのである。

和解の申し出は山間の地方ではめったに行なわれなかったので、村じゅうの、さらには旗じるしじゅうの噂になった。掟の規定を遵守すべくあらゆる手が尽くされた。仲裁人、《血の主》と呼ばれる人々、ベリシャ家の友人、近親者たちが、殺人者たるクリュエチュチェ家に赴いて、血の買い戻しの餐をとった。慣習に則って殺人者と昼食を共にし、クリュエチュチェ家が買い戻す血の値段を定めるのだ。あとはジョルグの父、つまり血の主が鑿（のみ）と金槌とで扉で十字架を彫り、血の一滴を交わすだけだった。だがその時はついに来なかった。ひとりの年老いた伯父が、事をぶち壊しにしてしまったのだ。食事のあと、人々は慣習に従って家中の部屋にひとつひとつ入り、床に足を踏みならした。家の隅々から、ほんの僅かな血の影も追い出さねばならないことを示す儀式なのだが、そのとき急にジョルグの年老いた伯父が「だめだ！」と叫んだのだ。いつもはおとなしく、一族にあってはまったく目立たない老人で、居合わせた人々のなかでもおよそそんな振る舞いをしそうにない人物だった。皆茫然と立ちすくみ、目や曲げた首、床を踏み鳴らそうと持ちあげていた足が、まるで綿の上のように音もなく降ろされた。「だめだ」と老人が繰り返した。すると仲裁人のまとめ役として来ていた司祭が手をあげて言った。「血は続行だ」

しばらく忘れられていたジョルグが再び注目の的となった。しかしいっとき逃れていた苦しみが戻ってくると同時に、彼はどこか心満たされた気持ちもしていた。おそらく、人々の関心が再び自分に集中してくるのが嬉しかったのだ。こうしてみると、どちらの生き方がいいとも言えない気がした。血のからくりから外され、忘却の塵に埋もれた穏やかな生き方か、危険に満ちているが、いつまでも疼く傷口のような死の閃光に貫かれた生き方か。ジョルグはその両方ともを体験した。もしいま「どちらかひとつを選べ」と言われたなら、きっと迷ったに違いない。平和に慣れるには、おそらく何年もかかるだろう。その不在に慣れるのに何年もかかったように。血のからくりとは、たとえそこから解放され、自由に振る舞えるようになってもなお、いつまでも人の精神を捉えて離さないものなのだ。

和解の試みが水泡に帰したのちの数日間、いっとき晴れ渡っていた彼の空に再び危険の暗雲が立ち込めてくると、ジョルグははたして和解の試みがよかったのかどうかと何度も自問してみた。だが答えは見つからなかった。自由に生きられる期間が一年延びたのはよかったが、しばらく忘れていた生活に、人殺しを迫られているのだという思いに、あらためて慣れねばならないのはやっかいだった。もうすぐ処刑人になるのだ。処刑人、血を取り戻すために人を殺す者はそう呼ばれていた。それはいわば一族の前衛部隊、殺人の実行者なのだが、また復讐でまっさきに犠牲となるのも彼らである。敵の一族が復讐する番になったときは、こちらの処刑人が標的となるのだ。それがかなわない場合にのみ、かわりに別の人間が狙われる。七十年にわたるクリュエチュチェ家とのいがみ合いで、ベリシャ家は二十二人の処刑人を持ったが、そのほとんどが自身銃弾に倒れている。処刑人は一族の華であり、その髄、その記憶の中心である。一族の暮らしのなかでは多くのことが忘れ去られていく。人も出来事も埃に覆われていくなかで、ただ処刑人のみが一族の塚に灯された永遠の灯火として、決して記憶から消え去ることはない。

　夏が訪れ、そして去っていった。いつもの年よりずっと短い夏が。いずれ殺人がすんだら塔に籠れるようにと、ベリシャ家は畑仕事を急いで終わらせた。ジョルグはほろ苦い思いが静かに沸きあがってくるのを感じていた。それは若者が婚礼の前日に感じる思いに似ていた。

　十月の末、ついに彼はクリュエチュチェ家のゼフを撃った。だがしとめ損ねてしまい、顎に傷を負わせただけだった。傷の罰金を定めるべく掟の医者がやって来た。傷が頭部にあるところからグロシュ三袋と評価された。これは血の買い戻し総額の半分にあたる金額だ。ということはベリシャ家には二つの選択肢が残っていた。罰金を支払うか、血の半分が取り戻されたものとするかだ。第二の場合、つまりベリシャ家が罰金を払わず、負わせた傷は取り戻すべき血の一部と見なしたならば、血の半分がすでに取り戻されているのだから、もうクリュエチュチェ家の一員を殺す権利はない。傷つける権利が残るだけだ。

言うまでもなくベリシャ家としては、傷を負わせたことで血の半分が取り戻されたのだと見なすわけにはいかなかった。罰金は重荷だったが、倹約を重ね捻出して支払った。こうして血の収支はもとのままとなった。

罰金の一件が続くあいだ、ジョルグは苦々しい蔑みのヴェールに曇った父の目を感じていた。その目はこう言いたげだった。おまえは血の奪還に延々と遅れたばかりか、今度はわが家を破産に追い込もうとしているのだぞ。

たしかにすべては自分の迷い心のせいなのだと、ジョルグにもわかっていた。迷う気持ちが、最後の瞬間になって彼の手を震わせたのだ。本当を言うと銃を構えたあの瞬間、手が思わずゆれてしまったのか、それともわざと銃の照星を敵の額から顔の下方にずらしたのか、自分でも判断がつかないのだ。

そんなことがあってのちしばらくは、気が抜けたようになっていた。日々の流れが足踏みをしているかのようだった。傷ついた相手は長いあいだ家で伏せっていた。銃弾に顎を砕かれ、傷口が膿んでいるのだという。長く、かつてなく厳しい冬だった。深々と降り積む雪の上に（これほど静かな雪は記憶にないと、古老たちは語った。雪崩ひとつ起こりはしない）、微かな風の音が雪に合わせていつまでも聞こえている。ジョルグが命がけで追い求めるただひとりの男、クリュエチュチェ家のゼフはまだ病の床にあるのだから、ジョルグとしてはただ所在なく、いたずらに歩きまわるほかなかった。

まさに永遠に終わらないかのような冬だった。そして傷ついた男が快方に向かっているとわかったとき、ジョルグが病に倒れてしまった。使命を果たさずに伏せってしまうくらいなら、病身を押して苦痛に耐えるほうがましだったが、どうにも体がいうことをきかない。蠟のように蒼白い顔で、精一杯立ちあがったものの、すぐにばたりと倒れ込んでしまった。彼は二か月間病床にあったが、それをいいことにゼフは村を堂々と歩き始めた。二階の隅に寝かされて、ジョルグは窓に切り取られた風景を何を考えるでもなく眺めていた。外には雪に覆われた白い世界が広がっている。いまではもう彼とは無縁の世界。そこでは自分が異邦人か、無用なもののようにさえ感じられる。ただあの殺人があればこそ、外の世界はまだ彼を待っているのだ。

彼は何時間も見下したような眼差しで、雲に覆われた太陽を眺めていた。ああ、すぐにそっちに行くよ、わずかな血を流すために、とでも言っているかのようだった。そんなふうに思い詰めるあまり、かつて彼の作った小さな血痕が、一面の銀世界の真ん中に本当に浮かびあがってくるのが見えた気さえした。

三月に入ると具合も少し良くなってきて、二週目には起きあがった。外に出ると、足もとがまだふらつく感じがした。こんな病みあがりでよろよろしているうえに、顔面も蒼白だというのに、彼が待ち伏せにかかろうとは誰も思わなかった。だからこそクリュエチュチェ家のゼフも、敵はまだ病気だと油断をして不覚を取ってしまったのだ。

ときおり雨は小降りになり、もう止むかと思うと、いきなりまた激しさを増した。昼はとうに過ぎたはずだ。ジョルグは足に痺れを感じていた。相も変わらぬ灰色の一日。ただ地方だけが前とは異なっていた。途中に出会った山人たちの服装が変化したのを見て、ジョルグはそれに気づいた。集落もだんだんと本街道から遠ざかっていく。彼方にぽつりぽつり青銅の鐘が、弱々しく光っている。そのあと数キロ行くあいだは、また何ひとつ目につくものはなかった。

すれ違う人もだんだんと稀になってくる。ジョルグはオロシュの塔のことを、あらためてたずねてみた。最初はもうすぐだと言われ、次にはもっと遠くだと言われた。そろそろ本当に近づいたころだと思うと、まだまだ先だという答えが返ってきた。そしてたずねるたびに、道行く人々は彼に同じ方向を指し示す。霧にかすむはるか彼方を。

何度もジョルグは、もう日が暮れてきたように思ったが、そうではなかった。いつまでも続く午後。村々は街道から離れ、まるで道からも世界からも永遠に姿を隠そうとしているかのようだ。いま一度、城はまだ遠いのかとたずねると、もうすぐそこだと言う。最後に通りがかった人などは、城のあるべきほうを指さしさえした。

「夕方までに着けるでしょうか？」ジョルグはたずねた。

「だいじょうぶ。日暮れには着きますよ」

ジョルグはまた歩き始めた。疲れでふらふらだった。日がなかなか暮れないばかりに塔が遠ざかっていくような気もすれば、反対に塔がまだ遠いので、夜は宙に浮いたまま大地に降りたとうとしないような気もした。

いったんは霧の彼方に塔の影が見えたと思ったものの、その重く陰鬱な建物は、長かった今日いち日の朝にも見かけたような女子修道院だとわかった。しばらく道を行くと、今度こそ塔は近いような気がした。ぬるぬるとした道の行く手に、たしかにそれらしき姿を認めたつもりが、さらに近づいてみるとオロシュの塔どころか建物ですらなく、ただそこだけがいちだんと暗みをおびた霧の断片にすぎなかった。

本街道にまたひとりぼっちになると、やっと塔に近づいたのだという希望も潰えてきた。ぽつぽつとまるで悪意を持って生えているかのような灌木のせいで、道の両側のがらんとした印象がよけいに強調されている。それがどうしたと？　とジョルグは思った。いまではもう遠くを見ても、寒村のひとつさえもない。そのうえ、この先も村は姿をあらわさないだろうという気さえしてくる。

歩きながら彼はときおり顔をあげて、地平線のあたりに塔を探した。それらしい影が見えたが、まだ確信は持てなかった。子どものころから大公の塔のことは話に聞いていた。何世紀も前から掟の戒律を監視している塔。だがそれがどんな様子をしているのかはわからなかったし、それ以上塔について何も知らなかった。高地の住人たちは単にオロクと呼びならわしていたが、彼らの話からだけではその外観までは想像できなかった。いまジョルグは、信じられぬ思いで彼方の塔を見ている。それでも塔のありさまは何とも言いあらわしようがなかった。霧に包まれて、塔のシルエットは高いも低いもわからず、堂々と広がった建物のようにも、また小さな固まりのようにも思えた。きっと道がジグザグののぼり坂になっていて、建物を見る方向がつねに変わるせいに違いない。だがかなり近づいてみても、少しも釈然としない。塔だという確信もあれば、そんなはずがないという気もするのだ。ひとつながりの屋根がいくつもの建物を覆っているようにも見えれば、いくつもの屋根が同じひとつの建物を覆っているようにも見えた。近づくにつれ塔は次々に形を変えていく。天守閣とおぼしき建物が周囲に多くの付属棟を従えているのが見えたような気がしたが、さらに少し進むと主塔は姿を消して、見えるのは付属棟ばかりとなった。それもやがて雲散し、さらに近づいてみると、建物は塔などではなく一種の住宅であるとわかった。しかも一部は住宅ですらなく、半ば廃墟となった回廊のようなものだった。あたりに動く人影はない。やはり道を間違えたのだろうか、とジョルグが思ったちょうどそのとき、目の前に男がひとりあらわれた。

「血の税かね？」男はジョルグの右袖にちらりと目をやってたずねた。そして答えを待たずに、回廊のひとつを指さした。

ジョルグはそちらへ向かった。足がもう体を支えきれないといった感じだ。古びた木の扉を前にして、彼はふり返った。その扉から入ればいいのかと先ほどの男にたずねるつもりが、男はもう姿を消していた。しばらく扉を眺めていたが、思いきって叩くことにした。扉はいたるところ虫食いだらけで、ありとあらゆる釘やら鉄片やらが無造作に打ちつけられ、一面につき立っていたが、そのほとんどが斜めに傾いて何の役にも立ちそうにない。鉄屑の根もとは老人の爪さながら、腐れかけた木の扉と見わけがつかなかった。

彼はノックしようと身がまえたものの、鉄片だらけのこの扉にはノッカーがなかった。錠の跡さえ見あたらない。ようやくそのときになって、扉が少し開きかけているのに気づいた。そして彼は生まれてこのかた一度もしたことのない振る舞いをした。まず「家のご主人はおりませんか！」と叫ばずに、扉を押し開けたのである。

回廊は薄暗がりに包まれていた。初めはからっぽかと思ったが、よく見ると片隅に火が灯っている。弱々しい火が薪を燃やしているものの、炎よりも煙のたつほうが多かった。数人の男たちがそこで待っていた。毛の分厚い外套の匂いがいきなり鼻を突き、やがてベンチに腰掛けたり、隅にしゃがんでいる姿が見えてきた。

　ジョルグは銃を膝のあいだに入れてうずくまった。徐々に目が闇に慣れてきた。煙が喉をさす。男たちの袖に黒いリボンを見つけて、彼らも血の税を払いに来ているのだとわかった。男は四人いた。いや五人かと思ったのもつかの間、十五分もしないうちにやはり四人のような気がしてきた。五人目と思ったのは、なぜかひときわ暗い隅に立て掛けてある木の幹にすぎなかった。

「おまえさん、どこから？」隣の男がたずねてきた。

　ジョルグは村の名を答えた。

　おもてはすっかり日が暮れていた。何だかジョルグが回廊の戸口をまたいだとたん、いきなり夜の帳がおりたような気がする。廃墟の陰を離れるや、壁が崩れ落ちるみたいに。

「さほど遠くじゃないな」と男は言った。「おれなんぞは二日半歩きどおしだったさ」

　ジョルグは何と答えたものかわからなかった。

　扉を押すギーッという音とともに何者かが入ってきて、手にしたひと抱えの薪を火にくべた。枝は湿っていて、炉から明滅していた光も消えてしまった。だが不具とおぼしきその男は、今度は石油ランプを灯して、壁につき立てた無数の釘の一本に吊りさげた。ランプの黄色い光は、ガラスについた煤にさえぎられて、離れた回廊の隅までとどきかねていた。

　誰ひとり口をきく者はいない。男は出てゆき、そして別の男が入ってきた。最初の男によく似ていたが、ただ何も手にしていなかった。部屋にいる者たちを数えあげるように眺めまわしていたが（人間でないことを確かめているのか、何度も木の幹のほうをふり返った）、また出ていった。ほどなくして男は土鍋を手に再び姿をあらわし、あとにもうひとり、木の小鉢をいくつかとトウモロコシパンを持った男がついてきた。そして各人の前に小鉢とパンのひと切れを置くと、相方がそこにインゲンのスープを注いでまわった。

「あんた、ついているよ」と隣の男がジョルグに声をかけた。「ちょうど給食の時間に着くなんてね。さもないと明日まで飲まず食わずで過ごす羽目になっただろうよ」

「多少のパンとチーズは持参してきました」

「どうしてまた？　城では血の税の払いに来た者に、日に二度食事を出すのに」

「知らなかったんです」ジョルグはパンを口いっぱいにほおばりながら言った。トウモロコシパンは堅かったが、空腹のほうが勝っていた。

ジョルグは膝のうえに金属物が落ちるのを感じた。隣の男の嗅ぎ煙草入れだった。

「ひとつまみやりなよ」と男は言った。

「いつからここで待っているのですか？」とジョルグがたずねる。

「昼からさ」

ジョルグは何も言わなかったが、相手は彼の驚きを察した。

「そんなにびっくりしなさんな。昨日から待っている連中もいるんだから」

「本当ですか？　てっきり今夜のうちにお金を払って、明日には村に帰れるものと思ってました」

「とんでもない。明日の晩までに払えればおなぐさみだ。へたすりゃ二日や三日は待たされるぜ」

「三日ですって？　何だってそんな？」

「塔は血の税を受け取るのに急いじゃいないってことだな」

回廊の扉が軋む音がして、インゲンの鍋を持ってきた男が再びあらわれた。空の碗を集めながら、ついでに火を煽って出ていった。ジョルグはその様子を目で追った。

「あの人たちも大公の使用人ですか？」彼は小声で隣の男にたずねた。

相手は肩をすくめた。

「何と言ったらいいのか、使用人も兼ねている遠縁の者ってところだな」

「そうなんですか？」

「このまわりにある建物を見ただろう？　あそこには大公に血縁のあるたくさんの家族が住んでいて、警備や事務の仕事をしているんだ。彼らの服装に気づいたか？　山の民とも、町の者とも違う」

「ええ、そうでした」

「ほら、もうひとつまみどうだね」と言って男は嗅ぎ煙草入れを差し出した。

「どうも。でもぼくはあまりやらないんです」

「殺したのはいつ？」

「おとといです」

外からは、雨音が聞こえてくる。

「今年の冬は、終わりを渋っているみたいだ」

「ええ、まったく。ずいぶん長びきました」

遠く、建物群の奥から、おそらくは主塔から、扉の軋む鋭い音が聞こえた。重い扉が開くか、閉まるかするその音は、ひととき長く響いた。かと思うと、夜の鳥の鳴き声にも似た叫びがすぐそのあとに続いたが、それは張り番が仲間と交わす挨拶か何かなのだろう。ジョルグは部屋の隅に、いちだんと小さくうずくまった。自分がいまオロシュにいるなんて、まだ信じられない気持ちだった。


扉の軋む音が浅い眠りを引き裂いた。これで三度目、ジョルグは目をあけると、背の曲がった男が木ぎれをひと抱え持って入ってくるのが見える。薪を火にくべると、男は石油ランプの芯をあげた。薪からは水滴が滴っている。まだ雨は続いているのか、とジョルグは思った。

ランプの光が部屋を照らす。眠っている者は誰もいない。背中が寒かったが、なぜか火に近づくのは躊躇（ためら）われた。それに火は暖かそうにも見えなかった。ぼんやりとゆらめく光のなかに、ところどころ黒い影が散りばめられている様子は、待っている者たちの沈黙をいっそう重苦しくしていた。

この者たちは皆殺人者で、それぞれにわけのある身なのだ。そんな思いが何度かジョルグの脳裏をよぎった。だがそうした身の上は、彼らの胸の奥深くに鍵をかけてしまわれている。炎に照らされて、彼らの口が、とりわけその顎が、なにか古びた錠前を思わせるのも、故なしとはしないのだ。塔に着くまでのあいだは、誰かに身の上を聞かれたらどうしようとずっと恐れていた。回廊に入るとき恐れは絶頂に達したが、入ったとたんになぜかほっとして、もう危険はないのだと感じた。この安堵感は、先にいる者たちの、じっとうずくまる姿から来ているのだろう。それともあの木の幹のせいかもしれない。新しく着いた誰もが人間と間違え、そして誤りに気づく。あるいは逆に、最初は木の幹だと思ったものの、間違いだったと苦笑いをしながら挨拶をしてしまい、それからようやく本当のことに気づく。まさにそのために、ああして木の幹が置いてあるのだという気すら、ジョルグにはしてくるのだった。

湿った薪は、背の曲がった男が火にくべると、すぐにぱちぱちと燃え始めた。ジョルグは深いため息をついた。外では夜がその闇をいっそう深めているに違いない。遠くで北風が、静かにゆっくりと、大地をかすめて吹き抜けていく。自分でも驚いたことに、何か話したい気持ちがしてきた。だがそれ以上に奇妙な印象が、彼を驚かせた。まわりの男たちの顎が、徐々にその形を変えていくような気がしたのだ。寒い冬の夜、彼らは喉の奥からもどした身の上話を、牛の反芻さながらにもぐもぐと咀嚼し始める。それがもう口もとから、雫のように滴り始めている。いつから復讐にかかったね？　四日前から。で、あんたのほうは？

彼らの身の上話は、ごわごわとぶ厚い外套からも少しずつ漏れだし、黒々としたゴキブリのようにゆっくりと行き交い、這いまわっている。三十日の休戦をどうするつもりだい？

おれがどうするかって？　ジョルグは考えた。どうもしない。

このじめじめとした回廊に一生足止めされたまま、少しも燃えあがらずに、暖かいどころか寒気すら催させる火のそばで、床を這う黒いゴキブリとともに過ごすのだという気さえしてきた。税の支払いに呼ばれるのはいつになるのだろう？　彼が着いてこのかた、ひとりの受付けもない。何日もずっと待たねばならないのだろうか？　呼ばれないままに、一週間も過ぎてしまったら？　もしやまったく呼ばれなかったなら？

扉が開いて、見知らぬ男が入ってきた。どうやら遠方から来たらしい。火の粉がふたつ、みっつ、嘲るようにはじけ飛んで男を照らすと、泥に塗れ、ずぶ濡れになった姿が見えたが、すぐに他の者同様に闇に沈んでしまった。

　男は当惑げに部屋の片隅に向かうと、幹のすぐそばに陣どった。ジョルグは横目でそのあとを追った。数時間前、自分がここに入ってきたときの様子を知ろうとするかのように。男はフードをあげて、顎を膝にもたせかけた。彼の身の上話は、体のなか、喉のいっそう奥深くに埋め込まれているらしい。あるいは体内には入り込まずに、外の、かじかんだ手のあたりに留まっているのかもしれない。人を殺したばかりの手、膝のまわりで苛立たしげに動いているあの手のあたりに。

第三章

馬車は山道を軽快にのぼっている。車輪がゴム張りになって、町では遠乗りのときや辻馬車として使われる類の箱馬車だった。座席が黒いビロード張りであるのみならず、走る様子にも何かビロードを思わせるものがある。そのせいだろうか、馬車は山のでこぼこ道を、思いがけず楽々と走っていた。馬のいななきや蹄の音がなければいっそう静かな走りぶりなのだろうが、その音ばかりはビロードの上張りも抑えかねていた。

ベシアン・ヴォルプシは妻の手を握ったまま、窓ガラスに顔を近づけた。半時間ほど前にあとにした小村が、もう見えなくなっているのを確かめるかのように。北部高地の麓（ラフシュ）にある村はそれが最後だった。いまはゆるやかに傾いた荒地が周囲に広がっている。平野とも、山とも、高原ともつかない奇妙な地帯。まだ山そのものには入っていないものの、山の影が感じられる。その影があればこそ、ここは山岳地帯の外にありながら、平野とも言いきれないのだろう。つまりは味気ない、半ば無人の中間地帯なのである。

ときおり小さな雨粒が、馬車の窓ガラスに玉をなした。

「呪われた山々よ」わずかに震える小声で、彼は言った。ずっと待ち続けていた出現に、敬意を表するかのように。この厳かな名の響きが妻の胸を打ったのを感じ取って、彼は満足感をおぼえた。

妻が顔を近づけてくると、首筋から香水が薫った。

「その山はどこにあるの？」

彼は前方をうなずいてみせてから指さしたが、その先には濃くたちこめる霧のほかは何も見えなかった。

「まだわからないさ。離れているから」彼は説明した。

彼女は夫に手をあずけたまま、ビロードのシートによりかかった。馬車がゆれた拍子に新聞が落ちてきた。出発の直前に小村で買い求めたその新聞には自分たちのことが書かれてあるというのに、二人とも拾いあげようとするそぶりもみせない。彼女はぼんやりとした様子で微笑みながら、二人の旅行を報じた短信の見出しを思い返した。《これは驚き。作家ベシアン・ヴォルプシ夫妻は、ハネムーンを北部高地で！》

記事はいまひとつ歯切れが悪く、A・Gと署名する筆者が（二人の共通の知人、アドリアン・グマだろうか？）、この旅行に好意的なのか、揶揄しているのか測りかねた。

彼女自身も、結婚式の二週間前になって婚約者からこの旅行の話を聞かされたときは、突拍子もない考えだと思った。そんなことで驚いていてはだめ、と友人たちは口々に言った。少しばかり変わった人と結婚するのだから、きっとびっくりすることばかりって覚悟しとかなくては。どうこう言ったところで、結局あなたは幸運なのよ。

たしかに自分でも幸せだと感じていた。結婚式前の数日間など、ティラナの上流階級が集まる社交界はこの話でもちきりだった。知人たちはうらやましがってこう言った。きみは現実世界を逃れて伝説の世界に入り込むのだ。まさに叙事詩の世界、いまの世の中ではめったにお目にかかれない世界に。あとには決まって妖精や山の精、吟遊詩人、この世に残る最後のホメロス的頌歌、そして恐ろしくも厳かな掟（カヌン）の話題が続いた。だがそんな手ばなしの賞賛に肩をすくめ、まったく気が知れないなどと陰口をきく者たちもいた。とにもかくにも新婚旅行なのだから快適な設備もいるだろうに、まだ寒いアルプスで、御大層な塔（クーラ）は石造りときている。なかにはまた、こうした賛否両論をにやにやしながら聞いている連中も稀にいて、その表情は「さあさあ北へお出かけなさい。お二人にはよい旅となるでしょう。とりわけベシアンには」とでも言いたげだった。

そしていま、二人は馬車を走らせている。陰鬱とした高地に向けて。〈母なる女王〉女子学院の学生時代や、とりわけのちにベシアンと婚約していたころなど、あれこれ読んだり話にも聞いていた高地は、彼女にとって魅力的でもあり、また恐ろしくもあった。そんなふうに見聞きしたもろもろの知識やベシアンの著作によっても、いつ晴れるとも知れぬ霧に包まれた背後で、いかなる生が営まれているのかを思い描くには足りなかった。高地について人々が口にする話はどれもこれも、たちまち曖昧模糊とした様相を帯びてくるように思われるのだった。ベシアン・ヴォルプシは北の地方を題材にして、悲劇的でもあり哲学的でもある物語をいくつも書いていたが、ジャーナリズムの反応もいまひとつ煮え切らなかった。傑作と持ちあげる者もいれば、リアリズムに欠けるという批判もあった。こんな奇妙な旅行に出かけようと夫が決めたのは、もの珍しい北の風物を見せてくれようというより、自らの心の内を確かめようとしたからではないか、とディアナは思うこともあった。でもそうした目的のためなら、夫はもっと以前に、しかもひとりで旅してもよかったはずだと思って、余計な考えをふり払った。

彼女はいま、夫を窺いみていた。頬のあたりが張りつめ、窓ガラスごしに遠くを眺める様子から、彼が苛立ちを抑えているのがわかる。無理もないわ、と彼女は思う。何日もかけて私に話して聞かせたあの幻想に満ちた雄大な世界が、なかなかあらわれないと気をもんでいるに違いない。馬車の両側には果てしなく荒野が広がり、無数の灰色の石が、このうえもなく陰鬱な雨に濡れている。私ががっかりし始めていると思っているのね。でも心配しないで、ベシアン。まだ出発してからたった一時間よ。北の珍しい風物がいっぺんに目の前にあらわれるなんて期待するほど、私は世間知らずのわからず屋じゃないわ。何度もそう言いかけたが、彼女はあえて口に出さず、たださりげなく彼の肩に頭をもたせかけただけだった。そのほうが、どんな言葉にもまして夫を安心させるのだと直観していた。自分の明るい栗色の髪が、馬車の動きに合わせて夫の肩の上にゆれるのを横目で見ながら、彼女はいつまでもそうしていた。

彼女がまどろみかけていたとき、夫の肩が動くのを感じた。

「ディアナ、ごらん」彼は小声で言うと、妻の手を取った。

はるか道の彼方に、何か黒い影が浮かんでいる。

「山人（やまびと）？」

「そうだ」

馬車が近づくにつれて、影は広がっていくように見えた。二人は窓ガラスに顔を押しつけんばかりだった。彼女は息で曇ったガラスを二度、三度と拭った。

「あの人たちが持っているのは何？　傘かしら？」馬車が山人からほんの五十歩ばかりのところまで近づいたとき、彼女は声をひそめてたずねた。

「ああ、そのようだが」彼は口ごもった。「いったいどこから傘なんか取り出したのだろう？」

馬車が傍らを追い抜いていくと、山人たちはそのあとを目で追った。彼らが手にしているものが、骨の折れてばらばらになった古傘であることを確かめようというのか、ベシアンはうしろをふり返った。

「雨傘を持った山人なんて初めてだ」と彼はつぶやいた。ディアナもびっくりしていたが、夫の気に障らないよう驚きをあらわさなかった。

遠くに新たな山人の一団が見えた。なかの二人は袋を背負っている。彼女は見ないふりをしたが、ベシアンはしばらく目で追っていた。

「トウモロコシだ」彼は言ったが、ディアナは答えず、また夫の肩に頭をもたれた。馬車の振動に合わせて、髪がまたゆれ始める。

いまでは彼のほうが、一心に道を見つめていた。ディアナはもっと楽しいことに心を集中させようとした。伝説の山人がトウモロコシの袋を担いで、雨よけに破れ傘を持っていたところで、それがどうという不幸でもないのだわ。街の通りでだって、そんな人たちをもっと大ぜい目にしたではないか。冬のさなかに肩に斧を担いで、「木を切らんかね」と悲しげな声をあげている者たち。その叫びは人の声というよりも、夜の鳥が鳴く声に似ていた。でもベシアンは、あれが山岳地方の民なのだと思ってはいけないと言っていた。彼らはさまざまな理由から叙事詩の国を捨て、根無し草の身となって、英雄の質と生来の徳を失った者たちなのだ。真の山人はあの高地にいるのだと、ある晩のこと彼は言った。まるで高地が地上にではなく天空にあるかのように、地平線の上空を指さして。

そしていま、彼は窓に張りついたまま荒地から目をそらそうとしない。ボロ傘を手に、トウモロコシの袋を担いだあの哀れな旅人たちが、あなたの話した勇壮な伝説の山人なの？　妻がいまにもそう問いかけてくるのではないかと、びくびくしているのだ。でもディアナは、たとえ心底幻滅したとしても、そんな質問は決してしないだろう。

夫にもたれかかり、馬車のゆれに合わせてときおり目をつむりながら、彼女は殺伐とした風景が呼び起こす悲しみから身を守ろうとするかのように、二人が初めて知り合った日々や婚約したての数週間のことを、ぽつりぽつり思い返していた。大通りの並木、カフェのドア、抱き合う二人の手に輝く指輪、秋の落葉に包まれた公園のベンチ。その他いくつもの思い出を、この果てしなく広がる荒野に投げ出し、悲痛な印象を少しでも和らげようとした。だが荒野は平然としている。このじめじめとした剥き出しの土地は、彼女が蓄えてきた幸福のみならず、いく世代にもわたる幸福の蓄積をもひと口に飲み込んでしまおうと、待ち構えているのだ。こんな土地を目のあたりにするのは、彼女には初めてだった。そびえ立つ山々は、まさしくその呪われたという名にふさわしい。

夫の肩が動き、続いて声がした。彼女はまどろみから目覚める。ことさらに優しげな声だった。

「ディアナ、ごらん。教会だよ」

窓ガラスに顔を近づけると、十字架をいただく石造りの鐘楼が目に止まった。教会は岩だらけの丘の上に建っていて、道路がずっと下方を走っているせいか、あるいは灰色の空を背にしているためだろうか、黒い十字架は雲間にそびえ立ち、睨みをきかせてゆれているかのようだ。教会はまだ遠かったが、近づくと黒々とした十字架の睥睨する下で、青銅の鐘がこぼれる微笑さながら弱々しく光っているのがわかる。

「とてもきれいだわ！」ディアナは叫んだ。

ベシアンはうなずくだけで何も言わなかった。十字架の厳めしい影と鐘の柔らかな輝きはあたり一面を見おろし、一体に結びついたその姿は、周囲数マイルからでも一目でわかるに違いない。

「ほら、山間の塔も見える」

彼女は名残り惜しそうに教会から目を離して、高い石造りの家を探した。

「どこに？」

「あそこ、あの斜面をごらん」と言って彼は指さした。「ほら、もうひとつ。もっと速く、あちらの丘にも」

「まあ、本当！」

ベシアンは急に活気づいて、地平線のあたりを漁るような目で眺め始めた。

「山人だ」彼は前の小さな窓ガラスを指さして言った。

山人たちは二人のほうに向かって来たが、まだ遠くてはっきりとは見分けがつかない。

「この近くに、きっと大きな村でもあるのだろう」

馬車が男たちに近づく。夫の緊張が高まるのが、ディアナにもわかった。

「あの人たち、銃を担いでいるわ」

「ああ」彼はほっとしたように答えたが、眼は窓に向けたまま視線は何かを追っていた。山人たちは、もう二十歩ほどのところまで来ている。

「ほら」彼はいきなりディアナの肩を引きよせて言った。「右の袖に黒いリボンが見えるだろう？」

「ええ、見えるわ」

「死のしるしが、そこにも、あそこにもある」

ベシアンは興奮のあまり息づかいが乱れている。

「恐ろしいこと！」ディアナは思わずつぶやいた。

「恐ろしいだって？」

「つまり、それは美しいけれど、恐ろしい気もするの」

「ああまったく、悲壮なる美しさというか、驚嘆すべき悲壮というか」

突然ふり向いた彼の目は奇妙なくらいに輝いて、まるでこう言っているかのようだった。さあ素直に認めたまえ。まさか本当にこんなことがあるなんて思っていなかったね。もっとも彼女のほうは、そんな疑念などおくびにも出したことはないのだが。

馬車が山人たちをあとにすると、ベシアンは晴々とした笑みを浮かべてシートの背にもたれた。「われわれは影の国に近づいている」とひとり言のように彼は言った。「そこは死の戒律が生の戒律をしのぐ国だ」

「でもどうやって復讐の使命を負った者と、殺される側の者とを見わけるのかしら？　黒いリボンはどちらも同じじゃないこと？」

「そのとおり。死の刻印は、死をもたらさんとする者も、死に追われる者も同一だ」

「ぞっとするわ」

「世界中どこを探したって、切り倒すしるしのついた木みたいに死のしるしをつけた人々に、道の途中で出会える国なんてありはしない」

ディアナは優しく夫を見つめた。彼の目は、焦燥感のあと一気にほとばしり出た光に包まれて、きらきらと輝いている。いまになってみれば、おかしな破れ傘を手に興醒めなトウモロコシ袋を担いだ最初の山人など、初めから存在しなかったも同然だった。

「ほら、あそこにも山人が」

その袖についた黒いリボンに、今度は彼女が先に気づいた。

「ああ、われわれはもう死の王国にいるのだ」ベシアンは窓ガラスから目を離さずに言った。

外では雨が降り続いている。霧に溶けてしまいそうに細かな雨が。

ディアナはわずかに微笑を浮かべた。

「そうとも、われわれはユリシーズのように、死の王国に足を踏み入れたのだ。ただユリシーズは降りていったが、われわれはのぼっているという違いはあるがね」

ディアナは夫を見つめたまま、話に耳を傾けていた。夫は額をガラス窓に押しあてている。二人の息で曇ったガラス越しに眺めると、世界は相貌を異にして見えた。

「彼らは袖に黒いリボンをつけて、彷徨い歩いているのだ。霧のなかを彷徨う亡霊のように」

彼女は黙って聞いていた。こうした事柄については、出発前にもいく度となく二人して話していたが、夫の言葉がいまさらのように耳にこだまする。その言葉のうしろに見る風景は、字幕の陰になった映画の画面のように、いっそうくすんで感じられた。前に夫が、頭を屍衣でくるんだ男たちの話をしたことがあった。途中そんな人々にも出会うだろうかたずねたいと思ったものの、なぜか言い出せなかった。言葉にしたとたん、それが本当にあらわれるような、素朴な恐怖心のためかもしれない。

馬車はすでにかなりの道のりを来ていて、もう村の姿もない。地平線の彼方にただ教会の十字架だけが、墓石の十字架のように傾きぎみになってゆっくりとゆれている。空までもが、墓地の地面さながらに、こころもち窪んでいるかのようだ。

「見たまえ。土壙の跡だ」ベシアンは道路ぎわのあたりを指さした。

ディアナはもっとよく見ようと首を伸ばした。そこだけ周囲よりも色の薄い石が雑然と積み重なって、山になっている。今日が雨降りでなかったなら、こんなに悲しげな石ではないのかもしれない、と彼女は思った。そう夫に言ってみたが、彼は微笑んで、頭を横にふった。

「あれはムラーナと言って、いつだって悲しげなのさ。しかもまわりの景色が心地好いほど、よけい陰鬱に見える」

「そうかもしれないわ」彼女は答えた。

「墓や墓地はずいぶんと見てきたし、ついている標(しるし)だのシンボルだのも多種多様だったが、人が斃(たお)れたその場所に山人たちが建てる慎ましい塚以上に生々しい墓はないだろう」

「本当ね」と彼女が言う。「どことなく悲壮感が漂っているもの」

「それにああした墓を指すムラーナという名も、冷たくそっけなく、苦しみを掻きたてこそすれ、少しも和らげてくれはしない。そう思わないかね？」

彼女はうなずいて、またため息をついた。ベシアンのほうは自分の言葉に活気づいて、話し続ける。生の不条理や北部地方の死の現実について。死ととり結ぶ関係に応じて、敬われも貶まれもするこの地方の人間について。そして山人たちが子どもの誕生の際に口にする、恐るべき祈願の言葉について。「この子が長命でありますように。そして銃弾に倒れますように」高地の男にとって自然死とは、病によるのであれ老いによるのであれ、恥ずべきものなのだ。山人の人生における唯一の目的とは、生きているうちに名誉を蓄え、死に際しては小さな記念碑を建ててもらうことなのである。

「そうした犠牲者たちをうたった歌を聞いたことがあるわ。お墓のような歌、ムラーナのような歌だった」

「そのとおり。石を積んだ小山のように胸を締めつける歌だ。それにムラーナもそうした歌も、もとをただせば同じ発想から作られている」

ディアナはまたため息が出そうになるのを抑えた。ときおり、自分の内部で何かが蝕まれていくような感じがした。ベシアンもそれを察したかのように、あわてて言い添えた。たしかに悲しげなことばかりだが、それはまた雄大なことでもあるのだと。死の深みが人間の生に永遠なるものを授ける。なぜなら死の大きさによってこそ、人間は卑小な存在を越えるのだから。彼はそんな説明に努めた。

「生きていく日々を死の尺度で計るなんて、独自の才能ではないかね?」

彼女は肩をすくめて微笑んだ。

「それこそ掟のなすものだ」とベシアンは続けた。「とりわけ血の戒律に関する掟が。きみもおぼえているだろう?」

「ええ、よくおぼえているわ」

「まさに血の法だ」彼はいきなりディアナをふり返って言った。「この法については山ほど逸話があるが、ひとつ確実に言えるのは、いかに過酷で無情なものであれ、それがかつてこの世に出現したもっとも偉大な法のひとつだということだ。そしてわれわれアルバニア人は、この法を生み出したことを誇らねばならない」

彼は賛同の言葉を待っている様子だが、ディアナは無言だった。ただその目だけが、変わらぬ優しさで夫の目を見つめていた。

「そうなんだ。われわれは誇らねばならない」と彼は言葉を続けた。「ヨーロッパ広しといえども高地だけだ。近代国家の一部を成しながら、法律も、法組織も、警察も、裁判所も、つまりはあらゆる国家機構を拒絶しているのは。そうとも、近代国家の一部であって、未開部族の住処じゃない。だが高地は拒絶した。わかるかい。一度はそれに従い、そして拒絶したのだ。同じくらいに完璧な別の道徳律にとってかえるために。だから外国の支配勢力や、独立国家となってからのアルバニアの為政者たちも、この道徳律を認め、半ば王国とでも言うべき高地を国家管理の外に置かざるを得なかったわけだ」

ディアナの視線は、夫の口の動きと視線とを交互に追っている。

「そこにはとても古い歴史がある」彼はさらに話を続けた。「バラードに歌われたコンスタンチンが約束を果たすために墓を抜け出したときが、そもそもの歴史の始まりだ。あのバラードを学校で習ったとき、なかに出てくる誓いが、この恐ろしくも厳かな構築物を支える最初の礎石のひとつだったとは考えてみなかったかい？　というのも掟は単なる法ではなく」と彼は興奮して続けた。「法の形をまとった壮大な神話でもあるのだから。その前ではハムラビ法典も何もまるで玩具に等しいような、普遍的な価値なのだ。わかるかい。だから子どもみたいに掟について善悪を問うなど意味がない。大いなるもののつねとして、掟は善悪を越えたところにある。掟は……」

ディアナはこの言葉にむっとして顔を赤くした。一か月前、彼女自身そうたずねたことがあったからだ。掟はいいものなの、悪いものなの？　そのとき夫は何も答えずに微笑むだけだったのに、いまごろになって……

「皮肉は御無用よ！」彼女はシートの端まで身を引いた。

「皮肉だって？」

何分もかけて、二人はようやくお互いの誤解に気づいた。ベシアンは高笑いをして言った。誓って彼女を傷つけるつもりなどなかったし、だいいち前にそんな質問を受けたことすら覚えていなかったくらいだと。だがしまいにはひたすら平身低頭するのだった。

こんなちょっとしたエピソードのおかげで、馬車のなかは少し活気を取り戻したようだ。二人は抱き合い、愛撫し合った。それからディアナはバッグを開いて手鏡を取り出すと、薄くひいた口紅が落ちていやしないかと確かめた。そうこうするあいだにも、二人の知人やティラナのことなどとりとめのない話が続いたが、ふと彼女はそれらをあとにしたのがずいぶん昔のような気がした。二人はまた掟の話を始めたが、会話はもう古い剣の刃のように冷たく張りつめてはいなかった。おそらく掟のうちでも、特に日常生活に関するところを話題にしていたからだろう。婚約の前日、ベシアンから掟の特装版を贈られたとき、そのあたりの一節はまったくうわのそらで読み飛ばしていたので、いま夫が引用している条項もほとんどは記憶になかった。

ときには二人して、都の通りや共通の友人たちに思いを馳せたりもしたが、地平線のあたりに粉挽き小屋や羊の群れ、ひとり旅する人の姿が見えるともうベシアンは、それに関する掟の条項を話し始めるのだった。

「掟にはすべてがある」彼はいきなり言った。「それは経済、道徳、生のどんな側面も取りこぼしはしない」

昼近くに、婚礼参列者（クルーシュク）の一行に出会った。すると彼は行列の配置が従うべき厳しい規則について説明した。万一その規則が侵されるようなことがあれば、婚礼は葬儀に転じかねないのだ。

「ほらあそこ、列の最後部に婚礼参列者の長（クルーシュカパル）が馬の手綱を引いている。あれは花嫁の父か兄だ」

ディアナは目をまるくして窓ガラスに顔を押しつけ、女たちの衣装をじっと見つめている。何てきれいなんでしょう、本当、何てきれい、といく度も繰り返しながら。そのあいだにもベシアンは、婚礼参列者に関する掟の条項を、彼女の耳もとで優しく諳んじるのだった。「婚礼の日は決して延期できない。家族に死者があっても、婚礼参列者は花嫁を迎えに出る。花嫁は入り、死者は出ていく。いっぽうで人々は泣き、いっぽうで人々は歌う」

一行が背後に遠ざかるころ、話題は有名な「祝福の銃弾」のことになった。掟によれば、花嫁の家族からこの銃弾を渡された夫は、万一妻が不貞をはたらいたならば、「おまえの手に祝福あれ」の言葉とともに、妻にそれを用いるのだ。二人は相手が夫婦の契りを破ったならどうなるか、冗談を言ってからかい合ったり、「おまえの手に祝福あれ」と言いながら咎めるように耳を引っぱり合ったりした。

「きみはまったく子どもだな」ばかみたいにふざけたあとベシアンは言ったが、本当は掟を茶化すのを嫌悪しているようにディアナは感じた。自分を嬉しがらせようとして、そうしているだけなのだ。

掟を冗談の種にするものではないといつか誰かが言っていたが、彼女はその記憶をすぐに脳裏から追い払った。ふざけすぎて高ぶった心を落ち着かせるために、何度も外を眺めねばならなかった。景色はすっかり変わって、空が広がった感じだ。空が伸びたせいで、天頂がずっと重くのしかかってくる。鳥が見えた気がした。ディアナは空の真ん中に、安らぎか協調の徴(きざし)でも見つけたかのように、「鳥よ!」と大声をあげそうになった。しかし彼女が見たものは、ただの十字架にすぎなかった。前に見たのと同じように、深い霧に包まれてわずかに傾いている。あの奥にはフランチェスコ修道院が、さらその先には女子修道院があるんだ、と彼女は思った。

馬車は単調なゆれとともに走り続けていた。眠気とたたかう彼女の耳に、ときおり夫の声が聞こえる。それは遠くから、洞穴にこだまするように聞こえてきた。彼はまだ掟の、おもに日常生活に関する条項を次々に挙げていた。歓待の規則について語り、客を迎える準備のあらましを説明する。アルバニア人にとって、客とは比類なく神聖なものである。「きみは掟に定められた家の定義を覚えているだろう？　アルバニア人の家は神と客人の住処なのだ。いいかい、神と客人だよ。つまり家は持ち主のものである前に、客のものというわけだ。客とは」と彼は続けた。「客とはアルバニア人が生きていくなかで、最高の倫理なのだ。それは血の絆にも優る。父や息子の血は免ぜられても、客人の血が免ぜられることは決してない」

彼は歓待の規則に話を戻した。だがうとうとまどろみながらも、ディアナは平和な日常生活に関する古くからの条項の話題が、錆びた歯車のようにぎしぎしと音をたてて回りながら、血塗られたほうへ移っていくのを感じていた。どんなふうに掟を語ろうが、結局は皆そこに行き着いてしまうのだ。そしていま、夫はくぐもった響きに彩られた声で、掟の世界ならではの出来事を語っている。彼女は目を閉じたまま、なんとかまどろみから醒めないようにしていた。そうしてさえいれば、夫の声は遠くでこだまし続けているような気がした。声が語るのは、ある晩、険しい山の麓をひとり歩いていた旅人の話だった。自分が血を取り戻すために狙われているのを知っていたので、復讐者にはずっと用心してきた。日の暮れた本街道で、彼はにわかに不吉な胸騒ぎに襲われた。周囲はどこまでもひっそりとして、客人として保護を請えそうな家も人影もない。ただ牧童からはぐれた山羊の群れが見えるだけだ。旅人は少しでも勇気を奮い起こそうとしたのか、あるいは跡も残さずに死にたくないと思ったのか、三度牧童に呼びかけた。が、答える声はない。そこで大きな鈴をつけた山羊に呼びかけた。「大きな鈴の山羊よ。私に不幸があったなら、主人に伝えておくれ。この峠を越えるまでは、私の死は主人の誓いのもとにあると」そして数歩先で、あらかじめわかっていたかのように、彼は待ち伏せしていた男に撃ち殺された。

ディアナは目を開いた。

「それから、いったいどうなったの？」

ベシアンは苦笑いを浮かべた。

近くにいた別の牧童がこの見知らぬ旅人の最後の言葉を聞いて、山羊の群れの牧童に伝えた。牧童は殺された男の知り合いでもなければ、彼に会ったこともない。名前すら聞いたことがないのに、家族も、山羊の群れも、すべての仕事をなげうって、誓いによって結ばれた男の復讐に出かけ、こうして復讐の渦に飲み込まれていった。

「恐ろしいこと」とディアナは言った。「それに理不尽だわ。何か運命的なものがそこにはあるのね」

「まったくもって、恐ろしく、理不尽で、かつ運命的。偉大なものはすべてそうなのだ」

「そう、偉大なものはすべて」彼女は繰り返しながら、再び夫の傍らにより添った。寒かった。二つの山のあいだに引き裂かれた空間に、ぼんやりと視線をめぐらせる。まるでその灰色の切れ込みに、謎の答えを捜しているみたいに。

「そうなんだ」とベシアンは、彼女の内心の疑問を見抜いたかのように言った。「客とはアルバニア人の目から見れば半神なのだ」

ディアナはこの直截な言葉をかわそうと、目をしばたいた。彼の口調が和らぐ。するとその声に、先ほどまでの響きが思いのほかすばやく戻ってきた。

「以前こんな話を聞いたことがある」と彼は続けた。「山をもっぱら神の住処とみなした多くの民族と違って、われらが山の民は自らそこに暮らしているものだから、やむなく山から神を追い払うか、あるいは神と共存できるようにうまく折り合いをつけたのだそうだ。わかるかい、ディアナ。現実と幻想が相半ばし、ホメロスの時代を思わせるこの世界のことも、それならば説明がつく。高地に〝客人〟のような半神がつくり出されたわけも、それでわかる」

彼はしばらく黙ったまま、砂利道を走る車輪の音になぜとも知らず耳を傾けた。

「客人とはまさしく半神だ」ややあって彼は続けた。「誰でもすぐに客人になれるという事実は、この神性を強めこそすれ、弱めるものではない。扉を数回叩くだけで、たちまち一夜の神になれるからこそ、その神性はなおさら確かなのだ。いかにもみすぼらしい旅人が、肩にずだ袋をさげて戸を叩き、客人としてきみの手に委ねられる。この瞬間、彼はただの人間ではなくなる。絶対不可侵の存在、自ら法をなす者、世界を照らす光明となるのだ。そしてこのすばやい変身こそ、まさしく神の本性だ。ギリシアの神々は、突然にまったく思いがけなく出現しなかったろうか？アルバニアで客人が戸口にあらわれるのもかくのごとしだ。あらゆる神々がそうであるように、彼もまた謎を秘めて、運命の王国から、あるいは宿命の王国から——名前はどうでもいい——一路やって来る。こつこつとたった数回扉を叩く音に、いく世代もの存亡がかかっているかもしれない。山の民にとって客人とはこうしたものなのだ」

「でも恐ろしいことだわ」とディアナは言った。

ベシアンは聞こえなかったふりをして、ただ微笑むだけだった。だがそれは冷やかな微笑み、議論の核心には触れまいとするかのような微笑みだった。

「それゆえにこそ」と彼は言葉を継いだ。「誓いによって結ばれた客人に危害が加えられたならば、それはアルバニア人にとって最大の不幸であり、この世の終わりにも等しいのだ」

ディアナは外に目をやった。あの山並みにもまして、世界の終わりというに似つかわしい場所は、ほかに見つけがたいだろう。

「数年前のこと、この地方を舞台にある事件が起こった。山の民を別にすれば、誰もがその事件に驚愕した」そう言って、ベシアンはディアナの肩に手を置いた。夫の手がこんなに重く感じられたことはなかった。「そうとも、まったくとんでもない事件だった」

どうしてその話をしないのかしら？　奇妙なほど長い沈黙が続いたあと、彼女はそう思った。本当を言えば、これ以上不安を掻きたてるような話を聞きたいのかどうか、自分でもよくわからなかった。

「ひとりの男が殺されたのだが」と彼は言葉を継いだ。「それは待ち伏せではなく、市場のど真ん中でだった」

ディアナは夫の口の端の動きを横目で追っていた。彼は話し続ける。殺人は白昼、市場の雑踏で行なわれた。殺された男の兄弟たちは、すぐに殺人者のあとを追った。殺人があってまだ数時間たらずで、休戦協定も結ばれていないうちだったので、即刻血を取り戻そうというのだ。殺人者は追っ手から逃げおおせたが、その間にも犠牲者の一族郎党が立ちあがって、まだそこらじゅう隈なく捜しまわっている。やがて日暮れになると、よそ者で付近の地理に疎かった殺人者は、見つかることを恐れて途中最初に目についた扉を叩き、誓いを請うた。家の主人はこの見知らぬ男に歓待を申し出て、希望を受け入れた。

「それで、この男が友人として身を委ねた家がどこだったたわかるかい？」ベシアンは妻の首筋に唇を近づけて言った。

ディアナはいきなりふり返った。両目を大きく見開いて、じっとこちらを見つめている。

「それは殺された男の家だった」と彼は言った。

「思ったとおりだわ。で、それからどうなって？」

ベシアンは深呼吸をしてから語り始めた。最初は双方ともそんなこととは思ってもみなかった。殺人者は客人として訪れた家が何か不幸にみまわれたのだとはわかったものの、その原因が自分自身だとは想像だにしなかった。家の主人のほうも、しきたりどおり苦悩をこらえて客を迎え入れたとき、この男が誰かを殺して追われているのだろうとは思ったが、殺した相手が自分の息子だとは予想しなかった。

こうして二人は炉辺で食事をし、コーヒーを飲んだ。死者はしきたりに従って、別の部屋に寝かされていた。

ディアナは何か言おうと口を開きかけたが、思いつく言葉といったら「理不尽だわ」とか「運命的ね」とかだけだったので、黙っていることにした。

ベシアンは話を続ける。「その晩遅くなって殺された男の兄弟たちが、長い追跡でへとへとになって帰ってきた。家に入るや、炉辺にすわった客を見て、それが誰かすぐにわかった」

彼は妻のほうをふり向いて、今の言葉が与えた効果を確かめた。「心配しなくていい。何も起こりはしなかったさ」

「どういうこと？」

「何もなんだ。初め兄弟たちはかっとして銃をぶっぱなしたが、父親がふたこと、みこと言っただけでおとなしく武器を置いた。何て言ったのかきみにもわかるだろう？」

当惑したように、彼女は首を横にふった。

「老人はただこう言ったのだ。この男は客人だ。手だしをしてはいけない、とね」

「それからどうなったの？」

「それから兄弟たちは、しきたりに定められた期間を、敵であり友である男と共にすごした。男とおしゃべりをし、寝床を用意し、翌朝は村はずれまで送っていった」

ディアナは眉のあいだに指を二本あてている。まるで額から何かを取り出そうとしているかのようだった。

「客人とはかくなるものだ」

ベシアンは沈黙の合間にぽつりと言った。わざとがらんとした空間に物を置いて、目立たせようとするみたいに。ディアナが先ほどと同じく「恐ろしいこと」とか、あるいは別の感想でも口にしないかと期待したが、彼女は黙ったままだった。額の、眉のあいだに、まだ指をあてている。そこから抜き出そうとしているものが、見つからないかのように。

外からは、馬の押し殺したような喘ぎと、御者がときおり鳴らす口笛の音が聞こえてくる。そうした物音に混じって、ディアナの耳には夫の声が聞こえていた。なぜかまたも低く、緩慢になった声が。

「ここで問題になるのは、なぜアルバニア人たちはこんなものを作り出したのかという点だ」

彼はディアナの肩にじっと顔をよせて話していた。まるでこうした疑問や仮定の答えを、彼女に求めているかのように。そのくせ澱みない話しぶりには、ディアナが口を挟む余地などほとんどなかった。彼は次々と問いかけた（もっとも、問いかけの相手が自分自身なのか、ディアナなのか、あるいは別の誰かなのかは判然としなかった）。なぜアルバニア人は客人という制度を作り、それをあらゆる人間関係、血縁さえも凌ぐものとしたのだろう？

「それはおそらくこの制度の民主的な性格にある」彼は考え考え話した。「市井の人々が誰でも、いつ何時でも、客人という至高の地位にのぼれるのだ。つまりこのかりそめの神格化への道は、いつでも、誰にでも開かれている。そうだろう、ディアナ？」

「そうね」額に指をあてたまま、彼女は静かに言った。

ベシアンは座席のうえでもぞもぞと体を動かした。それはちょうどよい姿勢を見つけようとしているると同時に、自分の考えを表わすのにうまい言葉を探しているようでもあった。

「誰もが客人の地位を獲得できるのだから」と彼は続けた。「そしてその地位は、全アルバニア人にとって君主の位にも優るものなのだから、アルバニア人の危険で悲惨な生活のなかで、客人になることは、たとえそれが四時間か、せいぜい一日のあいだであっても、一種の休息であり、忘却、休戦、猶予、日常生活から神の世界への逃避だと言えないだろうか？」

彼はまるで返答を待つかのように言葉を切った。ディアナは何か言わなくてはと思いつつ、それもおっくうで、ただ夫の肩にまた頭をもたせかけた。

妻の髪に香る馴染みの香水のせいで、ベシアンは一瞬思考の糸が途切れたような気がした。自然の緑が春を感じさせ、雪が冬を感じさせるように、肩にかかったこの栗色の髪は、何にもまして彼の心に幸福感を湧きあがらせるのだった。自分は幸福な男だという思いが、彼の意識のなかで仄かな光を放ち始めた。その思いはビロードの宝石箱のような馬車のなかで、豪奢な品々さながらけだるく秘密めいていた。

「疲れたかい？」彼はたずねた。

「ええ、少し」

彼は妻の肩に手をまわして優しく引きよせ、その体からほんのりと湧きあがる香りを吸い込んだ。高価な品は皆そんなふうに薫り立つものだ。

「もうすぐ着くよ」

手はそのままにして、彼は窓ガラスのほうにわずかに顔をよせて、外を眺めた。

「一時間か、一時間半もすれば到着だ」彼は繰り返した。

ガラスの向こうには、はるか遠くぎざぎざとした山並みが、雨に濡れた三月の午後を背にくっきりと浮かんでいる。

「もうどのあたりまで来たのかしら？」

彼は外を見たが何も答えず、さてねとでも言うようにただ肩をすくめただけだった。ディアナは出発前の数日間のことを思い返してみた（いまではそれが同じ月の出来事だったなんて思えない。別の三月、天の星のように遠い三月から抜き取ってきたかのようだ）。数々の噂や笑い、からかいと懸念が、二人の「北の冒険」をめぐって溢れていた。「北の冒険」と言ったのはアドリアン・グマだった。北部地方で二人を迎えてくれる友人に電報を打とうと郵便局へ行って、ばったり彼に出会ったときのことだ。高地の住人に電報だって？　とアドリアンは叫んだ。小鳥や雷鳴に電報を打つようなものじゃないか。そう言って三人して笑ったのだった。冗談をとばす合間にアドリアンはたずねた。きみたち本当に住所を知っているのか？　いやなに、まだ信じられなくてね。

「あともう少しで到着だ」ベシアンは三度言って、窓ガラスに身を傾けた。道には標識も道標もないのに、目的地に近づいているとどうやってわかるのだろう？　ディアナはいぶかしく思った。ベシアンのほうはまだ歓待の儀式のことを考えていた。だがそろそろ黄昏どきが近いし、今夜泊まる塔も着々と近づいている。これ以上話している時間はなさそうだった。

「今夜、まもなく、ぼくたちは客人の位につく」彼はディアナの頬に唇をよせて、つぶやくように言った。ディアナもこころもち顔を近づけた。彼女の息づかいが荒くなる。二人のもっとも親密な時のように。だがやがてそれはため息に変わった。

「どうしたんだい？」

「何でもないわ」彼女は落ちついた様子で答えた。「ちょっと恐かったの。それだけ」

「本当に？」ベシアンは笑って言った。「どうしてまた恐いなんて？」

「わからないわ」

ベシアンはさっと首をふった。まるで目の前にあるディアナの微笑を、マッチの炎さながらに吹き消そうとするかのように。

「でもね、ディアナ、いくらぼくたちが死の領域にいるとはいえ、これほど安全なこともないんだ。身の危険など少しもない。今夜のぼくたちに比べたら、どんな王様、お妃様にだってこれ以上忠実な護衛はいやしない。いつでも、われとわが身を犠牲にする覚悟でいるのだから。どうだい、少しは安心できたかい？」

「私が思っていたのは、そんなことではないわ」とディアナは言って、シートのうえで姿勢を直した。「もっと別の恐さなの。自分でもうまく説明できないけれど。あなた、さっき、神とか運命とかという言葉を使ったでしょ。とても荘厳だけれど、恐ろしい気もするわ。自分がもとで誰かが不幸になるなんて嫌よ」

「おやおや」ベシアンはおもしろそうに言った。「女王様とはかようなもの。冠に魅せられ、かつそれを恐れる。だがわからないではない。冠には輝きもあれば毒もあるのだから」

「ベシアンたら、もう」と彼女は優しく言った。「からかわないでちょうだい」

「からかってなんかいないさ」ベシアンはあいかわらず陽気な口調で言った。「ぼくも同じことを感じているんだ。客人、誓いそして復讐は古典悲劇を動かす歯車のようなもので、ひとたびそのからくりに加わったなら、いつ悲劇にみまわれないとも限らない。かといってディアナ、ぼくたちは何も恐れることはない。朝になれば冠を脱ぎ捨て、晩までは身軽にすごせるのだから」

ベシアンは妻の指が首のあたりをそっと撫でるのを感じて、彼女の髪に顔を押しつけた。到着したら、私たちはどんなふうに寝るのかしら？　と彼女は思った。いっしょに、それとも別々に？　そして今度は大声でたずねた。

「まだずいぶん遠いの？」

ベシアンはドアを少し開けて、御者にたずねた。御者がいることなど、いままで忘れかけていた。返答といっしょに、冷たい風が車内に吹き込む。

「もうすぐだ」

「ああ、寒い」と彼女が言う。

外では、さっきまで少しも暮れそうになかった午後の陽が、そろそろ傾き始める徴（きざし）を見せていた。馬の喘ぎ声が、いまではいっそう耳につく。二人を迎える、まだ見ぬ塔へと馬車が走るあいだずっと、ディアナは泡をふく馬の口を思い浮かべていた。

馬車が止まったとき、夕陽はまだ暮れきっていなかった。二人は馬車を降りた。蹄の鳴る音を聞き続けたあとのせいか、あたりは物音ひとつしない凍りついた世界のように感じられる。御者がいくつもある塔のうちのひとつを指さした。だが塔はかなり奥に入ったところに建っていて、まだ足が痺れたままのベシアンとディアナは、どうやってそこまで行ったものかと戸惑っていた。

二人はしばらく馬車のまわりをうろうろしていたが、もう一度なかに入って旅行鞄とスーツケースを降ろすと、ようやく塔に向かい始めた。奇妙な一行だった。腕をとりあって歩く二人のあとを、御者が両手にスーツケースを抱えて追っている。

塔のそばまで来ると、ベシアンは妻の腕をほどいて、石造りの建物に近づいた。なんだか心もとない足どりだとディアナは思った。小さな扉は閉ざされて、小窓にもひと気はない。彼の胸にふと疑念が浮かんだ。電報は届いたのだろうか？

ベシアンは塔の前で足を止めると、顔をあげて、しきたりどおりに叫んだ。「家の主よ、客を迎えてくださるか？」いつものディアナなら、夫が山の客人を演じているの見て吹き出したことだろうが、このときはなぜかそんな気持ちになれなかった。きっと塔の影が、心に重くのしかかっていたせいだろう（石は影までも重し、と古人の言うがごとく）。

ベシアンはもう一度顔をあげた。古びた冷たい壁に向かって呼びかけようとしているその姿は、ディアナの目に、ずいぶんとちっぽけで危うげに映った。

とうに夜半を過ぎていたが、ディアナは分厚い毛布の下で暑くなったり寒くなったり、なかなか寝つけなかった。彼女は館の女や娘たちといっしょに二階に寝かされていた。ベシアンは上階の客室に通された。夫もきっと眠れないに違いない、と彼女は思った。

下から牛の鳴き声が聞こえてくる。初めは恐ろしかったが、隣に寝ている女が小声で言った。「恐がらなくてもいいわ。あれは牛のカジルよ」牛は食べ物を反芻しながらこんな音をたてるのだと気づいて安心したが、それでもやはり眠りにはつけなかった。

ずっと以前に、あるいはさっき数時間前に聞いた言葉や話の断片が、頭のなかをぐるぐると渦巻いていた。眠れないのは、そんなふうにとりとめもなく考えているせいに違いないと思って、なんとか少しでも考えをまとめようとしたが、なかなかうまくいかなかった。思考の流れをひとつようやく堰き止めたかと思うと、すぐに別の流れがどっと溢れ出てくる。しばらくのあいだ、彼女は出発前にベシアンといっしょにたてた旅行計画に精神を集中してみた。山間で過ごす日数や泊まる家をまず数えあげる。なかには彼女がまったく知らない家もあった。明日、謎めいた高地の支配者が迎えてくれるはずの、オロシュの塔のように。だがそれらを思い浮かべようとすると、その瞬間思考がもつれてくる。頭が興奮しすぎているせいだろうか、ずきずきする脈拍を抑えようとするかのように、彼女はまたこめかみに手をやった。だがこめかみを押さえると、かえっていっそう頭がくらくらしてくるばかりだった。手を離して、しばらくは思いの乱れるがままにしていたが、やがてそれにも我慢できなくなった。何かまともなことを考えなくては。そう思って彼女は客間で交わした話題のことを思い返してみた。すべてを心のなかで反芻するのよ。下の家畜小屋にいる牛のように。ベシアン好みのイメージだわ。さっきは客間で、とても思いやりをみせてくれた。客間、別名〈男たちの間〉では、つぶやきや耳打ちは御法度なのに、わざわざ家の主人にことわって、何でも説明してくれたわ。ベシアンの説明どおり、そこでは「男らしい話題」だけが取りあげられ、陰口をきいてはいけないし、思ったことは最後まで言わなければならない。発言はすべからく「よくぞ言われた」とか「その口ぶりに祝福あれ」という言葉で迎えられねばならないのだ。ほら、彼らの言うことをお聞き、とベシアンは彼女に囁いた。たしかに会話の運びはベシアンの説明どおりだった。アルバニア人にとって家とは文字通り砦なのだから、そして掟によれば家族の成り立ちとは小さな国家のようなものだから、会話もみなそんな具合になるんだ、と彼は言った。その晩もやがてベシアンの話は、客人と歓待をめぐるお気に入りの話題に戻っていった。「客人」とは、すべての偉大な事象と同様に、その崇高な側面の傍らに不条理な側面をも含んでいるものだ、と彼は説明した。「今夜ここでぼくたちは、全能の神となっている」そう彼は言うのだった。「ぼくたちはどんな狂気の沙汰にふけってもいい。殺人を犯してもいいんだ。責任をとるのは家の主人さ。彼はぼくたちを食卓に迎えたのだからね。歓待にはその責務がある、と掟は言っている。だが神たるぼくらにも越えてはならない限界がある。それが何だかわかるかい？　ぼくたちにはすべてが許されているが、ひとつだけしてはいけないこと、それは炉に掛けた鍋のふたを開けることなんだ」ディアナは笑いをこらえるのに苦労した。「でも、それっておかしいわ」彼女はつぶやいた。「そうかもしれないが、でも本当なんだ。もしぼくが今晩そんなことしてみろ、主人は即座に席を立ち、窓から恐ろしい叫び声をあげて村中に知らせるだろうよ。食卓が客人によって汚されたってね。その瞬間、客は打ち倒すべき敵に変わる」「でもどうして？」とディアナはたずねた。「どうしてそんなことになっているのかしら？」ベシアンは肩をすくめた。「さあね、ぼくにも説明はできないさ。大いなる事象にもどこか不完全なところがあるけれど、だからといってその価値が貶められるわけではなく、むしろわれわれの手に届きやすくなる。それが物事の理屈じゃないかな」彼が話しているあいだ、ディアナはちらちらと周囲に目をやって、二、三度こう言いかけた。「ええ、たしかに何もかもが崇高なことだけど、それにしてはこの家、もう少し清潔にできないものかしら。女性をニンフにたとえるつもりなら、まずは浴室が必要じゃなくって？」しかし彼女は何も言わなかった。思いきりがつかなかったからではなく、思考の糸を断ち切らないためだった。実際、彼女が思っていることを口に出さないなど、めったになかった。いつもは、頭に浮かんだことは何でも話した。だから時には傷つけるような言葉を口にしても、彼は決して気分を損ねたりはしない。何といっても、それは誠意の代価なのだから。

もう百回目にもなろうか、ディアナは床の上で寝返りをうった。まだ夫と客間にいたときから、頭のなかで思いは千々に乱れていた。まわりの話にいくら気持ちを集中しようとしても、心はあちらに飛びこちらに飛びしてしまうのだ。いま牛の鳴き声を聞きながら（彼女は内心、また笑ってしまった）、ときどき眠りが猛烈に押しよせてくるのを感じたが、それも床が軋む音や体が引きつったりで、すぐにまた失せていった。「どうしてこんなところに連れてきたの？」ふと口から漏れた叫びに、自分でもぎょっとした。まだ、声に気づかないほど寝入ってはいなかったが、何と言ったのかまではわからなかった。ようやく眠りが彼女を包み始める。二人が抜けてきた荒地の光景。そこには鍋が点々と置かれているが、蓋を取ってはいけない。彼女は禁じられた行為をしようとしていた。鍋のほうに手が伸びる。するとうめくような音がした。

拷問だわ、と思って彼女は目を開けた。目の前の薄暗い壁の上に、青白い光が四角くあたっている。彼女はその灰色がかった染みを、長いあいだ魅せられたように見つめていた。こんな四角、いままでどこにあったのかしら？　どうしてもっと早く気づかなかったのだろう？　きっと、外はもう夜明けなのだ。ディアナはその小窓から目を離せそうになかった。重苦しい闇に包まれた部屋のなかでは、まだほのかな一片の曙光も、救いの知らせのようだ。心を癒す光のおかげで、不安がすっと消えていく感じがした。この四角い灰色の光のなかには、いくつもの朝が凝縮されている。さもなければこんなにも軽やかで、安らかで、夜の恐怖にも動じないでいられるわけがない。その光に守られて、ディアナはほどなく眠りについた。


馬車は再び山道を走っている。どんよりとした灰色の日。くすんだ地平線の彼方に山々がそびえている。付添ってきた男たちも引き返してしまい、客人の座を退いたディアナとベシアンは、夕べの疲れの跡を残したまま、二人きりでビロードのシートにもたれていた。

「よく眠れたかい？」とベシアンがたずねる。

「あまり。ようやく明け方ちかくよ」

「ぼくもだ。目がなかなか閉じなくてね」

「そうだろうと思ってたわ」

ベシアンは彼女の手を取った。結婚式以来、別々に夜を過ごしたのはこれが初めてだった。彼は妻の横顔にちらりと目をやった。こころなしか青白いような気がする。抱きしめてやりたくなったが、なぜか自分でもわからず躊躇（ためら）った。

しばらくは馬車の小窓をじっと見つめていたが、やがてふり向かずに妻の横顔を盗み見た。蒼ざめたその顔は冷やかな感じがした。あずけた手にも力がない。「どうかしたのかい？」彼はたずねたが、妻の口は何も言葉を発しない。どこか胸の奥底が、かすかにさわいだ。

あれは冷やかさとは違うのかもしれない。むしろ無関心というか、夫から心が離れていく第一歩のようなものでは？

ことこと走る馬車にゆられながら、彼は思った。たぶんどちらでもない。そう、きっとどちらでもなく、何かもっと単純なことだろう。急に遠い星のようになってしまうのは、誰もが見せる態度であり、ディアナが遠のいてしまった気がする秘密もそこにある。それが今朝はあからさまだったばかりに、いつも身近にいて思いやりのある彼女に慣れていたベシアンにはショックだったのだ。

わずかに射し込んでくる灰色の陽光は、ビロードの表地に吸い込まれて、いっそう暗くなってしまった。敗北への第一歩か、とベシアンは思った。その味はまだ酸いも甘いもわからないが、わが繊細なる心は、他人の目に勝利と映るものにも敗北を見て取るのだ。

彼は内心そっと微笑んだ。気がつくと、少しも悲しくない。考えてみれば、人の話にうわの空だといつも彼女に言われていたのだから、今度は彼女のほうが少しよそよそしくなったからといって痛くも痒くもない。むしろ彼女がもっと魅力的に見えるくらいだ。ベシアンは思わず深いため息をついてしまった。二人の人生に、いままでとは違う日々が訪れるのだ。あるときは一方が、あるときは他方が、各々相手の目に謎めいて映る。彼も最後にはきっと、失った地位を取り戻すことだろう。

だとしたら、取り戻すべきいかなる地位を失ったのだろう？ 彼は無理に笑ってみたが、その笑いは体の上にあらわれることなく、そっと内側に籠ってしまった。心配はいらないのだと自分に言い聞かせるかのように、いま一度妻の顔を盗み見た。そうすれば、疑念をふり払えるかもしれないと思って。しかしディアナの美しい表情も、彼には何の救いにもならなかった。

何時間も走ったところで、馬車が道端に止まった。停車のわけをたずねる間もなく、御者がベシアンの脇の窓ガラスに近づいてくる。御者はドアを開けると、昼食をとれそうな場所がありました、と告げた。

そう言われて初めて、二人は目の前にある尖った屋根の建物に気づいた。どうやら旅籠のようだ。

「オロシュの城までは、まだ四、五時間かかりますから」御者はベシアンに説明した。「それまでほかに満足な食事をとれるところはありません。それに馬も休ませんことには」

ベシアンは無言のまま地面に足を降ろすと、妻の手をとって降りるのを助けた。彼女はひらりと降り立つと、夫の手を握ったまま旅籠に目を向けた。戸口から出てきた数人の人々が、ものめずらしそうにこちらを見ている。もうひとり、最後に出てきた男が、ぎくしゃくした足取りで近づいてきた。

「いらっしゃいませ」男はうやうやしく言った。

旅籠の主人に違いない。なかで食事ができるか、馬のまぐさはあるかと御者がたずねる。

「もちろんですとも。どうぞお入りください」相手は答えて扉を指さしたが、目は扉も入口もない壁のあたりを向いている。「さあさあ、お入りください」

ディアナはびっくりして男を見つめたが、ベシアンがそっとささやいた。「やぶにらみだよ」

主人は先に立って、一行の右になり左になりしながら入口に向かった。こわばった体の動きは客の到来にうきうきしていると同時に、何か不安げでもあった。

「別室があるのですが」と主人が説明する。「今日はふさがっておりまして、でもすぐに別の席を御用意いたします。アリ・ビナク様の御一行が、三日前より泊まっておられるのです」彼は自慢げにつけ加えた。「何ですって？　ええ、アリ・ビナクその人です。何と？　彼を御存知ない？」

ベシアンは肩をすくめた。

「シュコーデルからいらしたので？　違う？　ティラナから？　ああ、そうでしょうとも。この馬車ですから。お泊まりになりますか？」

「いいや。オロシュの塔に行くところでね」

「ああ、やっぱりそうでしたか。こんな馬車にはもう二年以上お目にかかっていませんな。大公のお身内の方ですか？」

「いや、招かれているのだ」

広間をぬけて別室に向かう途中、ディアナは客たちの視線が自分にそそがれるのを感じた。汚れた樫のテーブルで昼食をとっている者もいれば、黒い毛織の、ぶ厚いずだ袋の上に腰をおろしている者もいる。二、三人床に座り込んでいた連中が、ちょっと体をよけて一行を通した。

「ここ三日というもの大変な騒ぎですよ。もうすぐ境界線の件に決着がつくものですから」

「境界線の件？」とベシアンがたずねる。

「そうなんです」と主人は、がたぴしと扉を押しながら答えた。

「アリ・ビナクが助手をひき連れやって来たのも、そのためです」

主人はそこで少し声をひそめた。ちょうど一行は別室に入りかけたところだった。

「ほら、あそこに」主人は囁いたが、顔は何もない片隅を向いている。しかし皆もう彼の斜視に慣れていたので、別の方向に目を向けると、そこでは広間のよりは小ぶりだが少しは清潔そうなテーブルを囲んで、三人の人物が昼食をとっていた。

「すぐに別のテーブルを御用意いたします」と言って主人はたちまち姿を消した。テーブルにいる二人の男が新来の客たちをねめつけたが、もうひとりは皿から目もあげずに食べ続けている。扉のむこうから軋むような不規則な音と、その合間にこつこつという乾いた音が徐々に近づいてくる。やがて扉からテーブルの足が二本見えたかと思うと、次に主人の体が少し、そしてようやくテーブル全体とそれにへばりつくようにして全身があらわれた。

主人はテーブルを床に置くと、今度は椅子を運んできた。

「どうぞおかけください」椅子を置きながら主人が言う。「何をさしあげましょうか？」

できるものをたずねたあと、結局ベシアンは目玉焼き二皿とチーズを少々で結構と答えた。主人はのべつ「かしこまりました」を繰り返している。あっちこっちとしばらく忙しそうに走りまわって新たな客に給仕しながら、前の客にも忘れず気を配っている。二組の上客の間をいそいそと行き来しながら、彼はもうわけがわからなくなっている様子だった。どちらを重視したものか判じかねているのだ。気持ちがゆれるあまりに、体までますます歪んでいくかのようだ。手足の一部はあちら、残りはこちらと、てんでに勝手なほうに向かっている。

「私たちのことを、何と思っているのかしらね」とディアナが言う。ベシアンは顔をあげずに、食事中の三人を横目で見た。宿の主人はテーブルを拭こうと身をかがめながら、新来者について彼らに教えているらしい。なかのひとり、いちばん小柄な男は聞いていないそぶりをしている。あるいは本当に聞いていないのかもしれない。二人めの男は、あっけにとられた様子で見ている。薄い色の目が、たるんで無気力そうな顔に似合っている。三人目の、チェックの上着を着た男は、ディアナから目を離さない。明らかに酔っている様子だ。

「境界線を定めるというのは、どのあたりで？」ベシアンは、ディアナに目玉焼きを運んできた主人にたずねた。

「〈狼の小道〉ですよ、だんな。ここから歩いて半時間のところです。でも馬車で行きなされば、むろんそんなにはかかりませんせん」

「どうだい、ディアナ。行ってみるかい？　面白そうじゃないか」とベシアンは持ちかけてみた。

「好きにして」

「その境界線については、いままで争いや、人殺しなんかもあったのかね？」

相手はひゅうと息を洩らした。

「もちろんですとも。なにしろ死に飢えた土地で、大昔から墓（ムラーナ）が点々と建っています」

「ぜひ行ってみよう」とベシアンが言う。

「お好きなように」と妻は繰り返した。

「アリ・ビナクの手を借りるのはこれで三度目なのですが、流血沙汰はいっこうに収まりません」と主人が続けた。

そのとき小柄な男が席を立った。あとの二人がすぐに続いて立ちあがった様子から、彼がアリ・ビナクに違いないとベシアンは察した。

男が誰にともなく会釈をして出ていくと、他の二人があとに続いた。しんがりになったチェックの上着の男は、真っ赤な目をしてまだじろじろとディアナを見ている。

「嫌なやつ」と彼女は言った。

ベシアンは軽く手ぶりをした。

「石なんか投げてはいけないよ。いつからこの山間を歩きまわっていることやら。女も楽しみもなしにね。服装からみて、あいつは町の者だな」

「だからって、あんな絡みつくような目つきをしなくてもいいのに」とディアナは言って、皿を前に押しやった。玉子をひとつしか食べていない。

ベシアンは勘定をすませようと、主人を呼んだ。

「〈狼の小道〉へ行きなさるのなら、アリ・ビナクたちがちょうど出発したところですから、馬車で追えばよろしいでしょう。それとも誰か案内の者がお入り用でしたら……」

「彼らの馬についていこう」とベシアンは言った。

御者は広間でコーヒーを飲んでいるところだった。

彼はすぐに立ちあがって、二人のあとを追った。ベシアンが腕時計に目をやる。

「境界線の決定に立ち会うのに、たっぷり二時間の余裕はあるだろう?」

御者は疑わしげに首をふった。

「はっきりとは言えませんが。オロシュまでは長いですから。それでも、そうしたいとおっしゃるなら……」

「オロシュへは日暮れまでに着けばいい」とベシアンが続ける。「まだ昼すぎで、時間は充分あるのだし。それにこれはまたとない機会だよ」脇に立っているディアナをふり返って、そう彼は言い添えた。

彼女は外套の毛皮の襟を立てて、話が決まるのを待っている。

十分後、馬車はアリ・ビナクたちの馬に追いついた。アリ・ビナクがよけて馬車を先に通そうとしたが、御者は〈狼の小道〉がわからないのであとからついていきたいと、しばらく説明していた。ディアナはチェックの上着を着た男のぶしつけな視線を逃れようと、馬車の奥に縮こまっていた。男の乗った馬が、右に左にと姿を見せる。

〈狼の小道〉は、どうやら旅籠の主人が言ったよりも遠いようだ。彼方に剝き出しの丘が見え、その上に人々が小さな黒い染みのように動いている。目的地に着くあいだ、ベシアンは掟の定めを復習(さら)っていた。ディアナはおとなしく聞いている。

「墓の遺骨と同様、土地の境界線にも触れてはならない。土地争いのために殺人を犯した者は、村人全員によって銃殺される」

「私たち、処刑に立ち会うことになるの？」とディアナはうめくように言った。「最悪だわ」

ベシアンは微笑んだ。

「恐がることないさ。きっと平和的な解決だろうから。あの……何ていう名だったかな。そう、アリ・ビナクが呼ばれたからには」

「とても厳めしい感じの人ね。でも道化師みたいな上着の助手ときたら大違いで、嫌らしい男」

「あいつのことなど気にするな」

ベシアンはじっと前を見つめている。早く丘に着きたくてたまらないのだろう。

「境界石の設置は厳粛なる営みだ」彼はあいかわらず遠くを見つめたまま言った。「今日ちょうどうまくそれに立ち会えるのかな。ほら、ごらん。墓だ」

「どこに？」

「あそこ、樫の木のうしろ。右のあたりに……」

「あら、本当」とディアナ。

「もうひとつあるぞ」

「ええ、見えたわ。むこうにも、もうひとつ」

「旅籠の主人が話していた墓だな。あれが野原と領地の境界線になっているんだ」

「またあったわ」

「掟にいわく」とベシアンが言葉を続けた。「土地争いに絡んで殺人が犯されたならば、墓の建てられた場所が境界線になる」

ディアナは窓ガラスに顔を押しつけたままだ。

「掟の言葉に従えば、境界線となった墓は、この世の終わりまで、なん人たりとも動かしてはならない」とベシアンが続ける。「それは血と死とによって聖別された境界線なのだから」

「ずいぶんと人が死んだのね！」ディアナがそう言うと、まるで彼女と風景を切り離すかのように、窓ガラスがたちまち息で曇った。

前方で三人が馬から降り立った。馬車もすぐ近くに止まった。ベシアンとディアナが降りるや、皆の注目がいっせいに集まるのがわかった。男も女も、子どもたちまで、大勢集まっている。

「子どももいるぞ。ほら」とベシアンはディアナに言った。「境界線の決定は、山人の生活では唯一の大事件だから、子どもたちも呼ばれるわけだ。その記憶を末代まで残すようにとね」

山人たちの好奇の目をさりげなくやり過ごそうと、二人はしばらく言葉を交わしていた。ディアナは横目で若い女たちを観察した。体を動かすたびに、長いスカートの裾が波うっている。皆黒っぽい髪で、髪型も同じように前髪を額のところでカールさせて、両側は芝居幕のようにまっすぐ垂らしている。彼女たちは遠くから二人の訪問者を眺めていたが、あからさまな好奇心は見せないように気づかっていた。

「寒いかい?」とベシアンは妻にたずねた。

「少しだけ」

たしかに丘の上はひんやりとしていて、周囲を取りまくアルプスの青い色合いが、いっそう寒々とした印象を与えていた。

「雨が降らなくてよかった」ベシアンが言う。

「どうして雨なんか?」ディアナは驚いた。雨など、この広大なアルプスの冬には場違いな物乞い女のように思えたのだ。

牧草地のなかで、アリ・ビナクの一行が男たちと話し合っている。

「見に行こう。ともかく何かわかるだろう」とベシアンは言った。

二人は三々五々たむろしている人々のあいだを進んでいった。まわりから囁きが聞こえるが、ひそひそ声なのと土地の言葉で話しているせいで二人には半分も理解できなかった。ただ「女王様」とか「王様の妹」とか言っているのがわかると、ディアナはこの朝初めて吹き出しそうになった。

「ねえ、聞いた？　私のことを女王様だと思っているのよ」彼女はベシアンに言った。妻が少し陽気になったのを見てベシアンも嬉しくなり、彼女の腕を取った。

「疲れはとれたかい？」

「ええ、ここはきれいなところね」

気づかないうちに二人はアリ・ビナク一行の近くにいて、どちらからともなく言葉を交わし始めた。どうやらまわりの山人たちは、双方が互いに近づくように導いていたらしい。ベシアンが名のってどこから来たのか告げると、アリ・ビナクもそれに倣った。アリ・ビナクは世界中に知られているものとばかり思っていた山人たちにとっては、大変な驚きだった。二人が話しているあいだにもどんどん人が集まってきて、彼らを、とりわけディアナをじっと見つめた。

「さきほど旅籠の主人から聞いたところでは、この丘では境界線をめぐってずいぶんと争いがあったそうですが」とベシアンがたずねた。

「そのとおりです」とアリ・ビナクが答える。小声で単調な、まったく感情のこもらない話し方は、掟の解釈者という仕事柄なのだろう。「道の両側に墓をごらんになったでしょう？」

ベシアンとディアナは二人してうなずいた。

「こんなに人が死んだのに、争いはまだ収まっていないの？」ディアナがたずねる。

アリ・ビナクは静かに彼女を見つめた。まわりを囲む群衆の好奇の視線や、測量士と名のるチェック柄の男のぎらぎらとした目と比べると、アリ・ビナクの目は古代彫刻を思わせた。

「流血によって定まった境界線については、争いはなくなります。その部分は確定しても、別のところがまた争いの種となるのです」そう言って彼は丘のほうを指さした。

「あちらはまだ血塗られていないのね？」とディアナはたずねた。

「そのとおり。もう何年も前から二つの村のあいだで、この牧草地をめぐる諍いが絶えません」

「でも境界線がしっかりと定まるためには、どうしても死の存在が必要なのかしら？」相手の言葉をさえぎってディアナは言った。こんなふうに、あからさまに皮肉めいた口調で口を挟んでしまったことに、われながら驚いていた。

アリ・ビナクは冷やかに微笑んだ。

「われわれがここに来たのも、死に介入させないためなのですよ」

ベシアンはいったいどうしたのだと言わんばかりに、いぶかしげに妻を見つめた。彼女の目に、かつて見たことのない一瞬のきらめきを見て取ったような気がした。彼はその場を取り繕おうと、たまたま思いついたことをアリ・ビナクにたずねてみた。

彼らがさかんに議論している様子を、まわりで人々が皆、目で追っている。ただ数人の老人のみが離れた大きな石に腰掛けたまま、まったく無関心でいた。

アリ・ビナクはゆっくりと話している。一分もしてからようやく、すべきでない質問をしたらしいとベシアンにもわかった。土地争いのあいだに起こった殺人についてたずねてしまったのだ。

「犠牲者が即死せずに、這ってでも他人の土地まで行ったなら、墓は彼がその傷によって最終的に倒れ死んだ場所に建てられます。たとえ他人の土地でも、そこが新たな境界線に定められるのです」

外見のみならずアリ・ビナクの話す言葉づかいにも、何か日常の言葉とは違った冷たい感じが漂っていた。

「でももし敵どうしが同時に、向かい合ったまま殺されたなら？」とベシアンがたずねる。

アリ・ビナクは顔をあげた。小柄な体軀にもかかわらず、これほどの威厳を保っている人には会ったことがない、とディアナは感じた。

「二人がある程度距離を置いて互いに殺し合った場合には、倒れた場所がそれぞれの境界線となり、あいだの空間は誰のものでもない土地と見なされます」

「ノーマンズ・ランド」とディアナが言い換えた。「ちょうど国と国とのあいだのような」

「そのことを昨晩も話していたのですよ」とベシアンが言う。「単なる言葉の彩ではなく、高地に住む人々の考え方や行動には、何か別の国のような感じがありますね。ところで銃のなかった時代には？」と彼は続けた。「掟は火器よりも古くからあったはずですから」

「ええ、もちろんとても古いものです」

「当時は石塊を使っていたのでしょうか?」

「そうです。銃がまだ使われていないころには、石試合が行なわれていました。家どうし、村どうし、旗じるしどうしの争いがあった場合には、両陣営は選手を指名します。石塊をより遠くまで運んだ者が勝ちとなったのです」

「ところで今日は何が行なわれるのですか?」ベシアンがたずねる。

アリ・ビナクはまわりに散らばっている人々を眺めまわして、何人かの老人たちが集まっているところに目を止めた。

「牧草地の古い境界線を証明するために、旗じるしから古老を招いてあります」

ベシアンとディアナがふり返ると、役のふり分けを待っている役者よろしく、老人たちがかしこまってすわっている。大変な高齢なので、きっとそこでそうしている理由もよくわかっていないに違いない。

「そろそろ始まりますか?」

ベシアンがたずねると、アリ・ビナクはポケットから鎖のついた懐中時計を取り出した。

「そうですな。もう始まるころです」

「それなら残っていようか?」ベシアンは優しく言った。

「好きになされば」とディアナが答える。

山人たち、とりわけ女や子どもたちの目が、二人の一挙手一投足を追っているが、もうベシアンもディアナもいくらか慣れていた。ただ彼女は、測量士の酔眼だけは避けるようにしていた。測量士ともうひとり、旅籠で医師と紹介された助手は、アリ・ビナクのあとをずっとついているが、アリ・ビナクのほうは彼らの存在など目に入っていないかのように、まったく話しかけるそぶりもない。

人々がざわつき始めたところをみると、儀式の時間が近いらしい。アリ・ビナクと二人の助手はベシアンたちから離れて、山人がより集まっているあいだを順ぐりにまわっていった。群衆が移動したあとに、台地の端から端を貫く線上を、古い境界線の点々と並んでいるのが、ベシアンとディアナの目に止まった。

にわかに期待感が周囲の景色に満ちてくる。ディアナはベシアンに腕を絡めて、ぴったりとより添った。

「何か起こったらどうするの?」彼女は言った。

「何かって何が?」

「山人たちは皆、武器を持っていたわ。見たでしょう?」

彼はディアナをじっと見すえ、こんな言葉を言いかけていた。破れ傘を持った二人の山人に会ったとき、高地なんてと内心笑っていたね? ところがいまは恐がっているのかい? しかしよく考えれば、ディアナはあの傘のことなど何も言わなかったし、それもこれも彼自身が頭のなかで反芻していたにすぎない。

「まさか殺人が起こるとでも?」彼は言った。

たしかに山人たちは皆武装しているし、凍りついたような威圧感が台地に重くのしかかっていた。袖には黒いリボンもちらほら見える。

ディアナはいっそうぴったりと夫により添った。

「さあ始まるぞ」ベシアンは、もう立ちあがっている老人たちから目を離さずに言った。

ディアナは頭が奇妙なくらいにまっ白になるのを感じた。まわりを見まわしていると、たまたま馬車が目についた。台地の端に佇む黒い馬車。気取ったそのロココ・スタイルと、劇場のボックス席のようなビロード張りの姿は、灰色の山々を背景に、まったく異質で場違いに浮かびあがっていた。ディアナはベシアンの腕を揺すって、「馬車を見て」と言いかけたが、ちょうどそのとき彼がつぶやいた。

「始まるぞ」

ひとりの老人が群れから離れた。役儀を行なう準備らしい。

「少し近づいてみよう」ベシアンはディアナの手を引いて言った。「どうやら両陣営は、境界線を引くのにあの老人を選んだようだ」

老人は前に数歩進み出ると、石と真新しい土塊の前で止まった。重苦しい沈黙が台地に行き渡る——だがそんな気がしただけなのかもしれない。なぜなら山の轟きは人々が交わすひそひそ声を凌駕しているので、人間だけがいくら静まっても、すべての物音が止むには至らなかったから。それでも、あたりが静まりかえったように誰もが感じた。

老人はかがんで、両手で大きな石をつかみ、肩の上まで持ちあげた。するとその肩に、別の者が土塊をのせた。痩せこけて茶色の染みだらけの老人の顔は、まったく平然としている。そのとき静寂のなかを、どこからともなく、ひときわかん高い叫び声が響きわたった。

「さあ進め。そなたに誠の心なければ、石の重みがそなたを押しつぶし、あの世へ送らんことを」

しばらくのあいだ、老人の目は凍りついたように動かなかった。手足を少しでも動かせば、老人の体はばらばらになってしまうのではないかと思われた。それでも老人は一歩踏み出した。

二人はもう、老人のあとを追う人々のほぼ真ん中にいた。

「もう少し近づいてみよう」ベシアンがつぶやく。

「話し声がするわ。誰かしら?」ディアナが小声でたずねた。

「あの老人だ」とベシアンも小声で答える。「彼は担いでいる石と土塊に誓っているのだ。掟の定めに従って」

重く、こもった老人の声は、ほとんど聞こえないくらいだった。

「わが肩の重き石と土にかけて、われらの父たちより聞きし言葉にかけて、牧草地の古い境界線はここかしこなり。われ自ら定める境界線はここなり。この言に偽りあらば、石と泥のほか、われは二度と運ぶことあたわず！」

老人はゆっくりと丘を横切っていき、そのあとを何人かの人々がついていく。「わが言葉が真実(まこと)ならざれば、この石と土とが此岸、彼岸でわが上に重くのしかからんことを」この言葉を最後に、老人は荷を降ろした。

あとについていた数人の山人たちが、老人の示した地点をすぐに掘り始めた。

「古い境界標を抜き取って、新しいのを建てているんだ」とベシアンは妻に説明した。

金槌を打つ音が聞こえる。「子どもたちを近づけて、よく見せなさい」そう呼びかける声もする。

ディアナはぼんやりと境界標の設置を眺めていた。人々の黒い上着の真ん中から、突然あのいやらしいチェック柄の近づくのが目に入って、彼女は助けを求めるかのように夫の袖をつかんだ。測量士はいぶかしげにこちらをねめつけるや、ディアナが声を発する間もなくもう二人の前にいた。顔に張りついたにやにや笑いのせいで、いちだんと酔っぱらいじみて見える。

「とんだ茶番ですな」彼は山人たちを見やって言った。「まったくとんだ悲喜劇だ。あなたは作家だそうで？　それなら、ぜひともこの愚行のことを、何かお書きになるといい」

ベシアンは男を睨み返したものの、あえて答えなかった。

「おじゃまをして申しわけありませんね。とりわけ奥様には、ひらに御勘弁を」

男は少し芝居がかって、もう一度ぺこりと頭をさげた。酒くさい息が、ディアナの鼻に臭った。

「何か御用でも？」彼女は嫌悪感を隠そうともしないで、冷たく言った。

相手は口を動かしかけたが、ディアナの態度に圧されたかのように何も言わなかった。そして山人たちをふり返ると、しばらくじっと顔を動かさなかった。その顔の半分はまだ笑いに輝いているものの、あとの半分は敵意に燃えている。

「まったく怒鳴りたくもなりますよ」しばらくして彼はつぶやいた。「こんな辱めを受けた測量士はほかにいやしません」

「何ですって？」

「これが腹を立てずにいられますか？　そうでしょう、私は測量士なんですよ。その勉強をしました。土地の測り方、地図の作り方を学んだのです。それなのに自分の仕事もできずに、年がら年じゅう高地を歩きまわっているだけです。何しろ山の連中ときたら、測量士の技能なんててんで認めちゃいないのですから。あなた方もその目でごらんになったでしょう。あいつらがどうやって境界線の問題にかたをつけるかを。石と呪いと魔女どもと、あとは何があるやら。私の道具ときた日には、もう何年も旅行鞄にしまいきりです。私は旅籠の隅にほっぽらかしてきましたよ。いまはまだ無事ですが、そのうち盗まれてしまうでしょうね。でもその前に先手を打って自分から売り払い、その金で飲んでしまおうかとも思いますよ。ああ、何て嫌ないち日なんだ！もう失礼します。主人のアリ・ビナクが合図していますから。おじゃまをしてあいすみません。お許しください、奥様。それでは」

「まったくおかしなやつだ」男が行ってしまうと、ベシアンは言った。

「私たち、これからどうするの？」ディアナがたずねる。

二人は疎らになった群衆を見まわして御者を探した。御者は目が合うとすぐに近づいてきた。

「お出かけになりますか？」

ベシアンはうなずいた。

二人が馬車へ向かうあいだにも、老人は建てたばかりの新たな境界標に手を置きながら、いつかそれを動かそうとする者たちに対する呪いの言葉を唱えている。

境界標に向いていた山人たちの注意が、またちらりとこちらにそそがれるのをディアナは感じた。まず彼女が箱馬車に乗り、ベシアンはアリ・ビナクの一行に遠くから手で最後の挨拶をした。

ディアナは少し疲れて、旅籠に着くあいだもほとんど口をきかなかった。

「出発する前に一服していこうか？」ベシアンがたずねる。

「お好きになさって」とディアナは答えた。

二人に給仕しながら、旅籠の主人はアリ・ビナクが裁いた有名な土地争いの数々について話した。それは山間の口承伝説にもなっているのだという。アリ・ビナクを客として迎えたのが、主人は見るからに自慢らしい。

「このあたりにいらしたときには、いつも私の店にお泊まりになるのです」。主人は言った。

「でも、いつもはどこに暮らしているのだろう?」ベシアンは話を継ぐつもりでたずねた。

「決まった家はありません。あの方はどこにもいると同時に、どこにもいないのです。年じゅう各地をめぐっていますから。争議や紛争の種は尽きませんし、そんなときには裁定者として助力を求められるのです」

主人はコーヒーを運んできたあとも、古くから続くいがみ合いに苦しむ人々のことを語った。カップをさげに来たときも、勘定を受け取るときにもその話題を繰り返し、二人を送り出しながらもまだ話していた。

ベシアンが馬車に乗ろうとしたとき、その腕をディアナが押さえた。

「見て」と彼女は声をひそめて言った。

すぐ近くで若い山人が、真っ青な顔をして茫然と二人を見つめている。袖には黒いリボンが縫いつけられていた。

「血の奪還に巻き込まれた男だ」と言って、ベシアンは主人にたずねた。「彼は知り合いかね？」

斜視になった彼の目は、山人から数歩離れた虚空を窺っていた。どうやら若い男は旅籠に入りかけて、客が馬車に乗るのを見ようと足を止めたところらしい。

「いいえ」と主人は言った。「三日前にもここによりましたがね。血の税を払いにオロシュへ行く途中でした。おい、お若いの」と彼は男に向かって叫んだ。「おまえさん、名は何という？」

山人は主人の呼びかけに驚いたらしく、そちらをふり向いた。ディアナはすでに馬車に乗っていたが、ベシアンは男の返事を聞こうとするかのように、踏み台の上にじっとしていた。ディアナの顔がかすかに青みを帯びて、ドアのガラスに縁取られている。

「ジョルグ」男は聞き取りにくい、か細い声で言った。長いあいだしゃべっていない者のような声だった。

ベシアンは妻の脇に倒れるようにしてすわった。

「あの男は数日前に人を殺して、オロシュから帰ってきたところだ」

「聞こえたわ」ディアナは目をガラスから離さずにつぶやいた。

山人はその場で釘づけになったかのように、若い女を熱い眼差しでじっと見つめている。

「ひどく真っ青な顔だこと！」

「ジョルグというそうだ」ベシアンがシートにもたれながら言った。

ディアナはまだガラスに顔を押しつけている。外では旅籠の主人が、御者にあれこれと忠告していた。

「道はわかっているな？〈婚礼参列者〉の墓では気をつけろよ。あそこじゃみんな間違えるんだ。右へ行かずに左に行っちまう」

馬車が走り始める。男の目は、ディアナの顔が浮かぶ四角いガラス窓から離れなかった。その目は青白い顔に比べるせいか、ひときわ暗く見えた。彼女もまた、いつまでも見つめてはいけないとわかっていながら、突然道路脇にあらわれたこの旅人から、どうしても目をそむけ難い思いでいた。馬車が遠ざかるあいだも、彼女は息で曇ったガラスを二度、三度と拭ったが、まるで二人のあいだにあわてて幕を引くように、すぐにまた曇ってしまうのだった。

馬車がすっかり遠ざかり、外に人っこひとり見えなくなってしまうと、ディアナは背もたれによりかかってつぶやいた。「あなたの言ったとおりだわ」

ベシアンは驚いたように妻を見つめた。何が言ったとおりなのかともう少しでたずねかけたが、なぜか口に出せなかった。たしかに午前中ずっと、彼女はベシアンに対して不信感を抱いている様子だった。だが本人自ら彼の意見に与（くみ）すると言っている以上、説明を求めるのは軽率と言わずとも無駄なことに思えた。要は彼女がこの旅に失望していないかどうかだが、いまの言葉で安心できた。ベシアンは元気が蘇ってくるのを感じた。何が言ったとおりなのか、漠然とながらわかりかけたような気さえした。

「数日前に人を殺してきたあの山人の顔が、真っ青だったときみは言ったね？」ベシアンは問いかけた。なぜかその目は、彼女がはめている指輪にじっと注がれていた。

「ええ、恐ろしいほどに真っ青だった」

「殺人を行なうまでに、あの男はいかなる迷い、いかなる躊躇（ためらい）を克服せねばならなかったことか。ハムレットの迷いなど、われらが山のハムレットに比べれば、いかほどのものだろうか？」

ディアナは感謝のこもったような目で夫を見返した。

「高地の山人のことでデンマーク王子の名を持ち出すのは、おおげさと思っているね」

「そんなことないわ。あなたは何でも巧みに言いあらわす。その才能を私がどんなにすばらしいと思っているか御存知よね」

ディアナの愛を勝ち得たのも、きっとこの才能に助けられてなのだという思いが、ベシアンの脳裏をちらりとかすめた。

「ハムレットは父の亡霊によって復讐へと駆りたてられたが」とベシアンは興奮して続けた。「あの山人の前にはどんな恐ろしい亡霊が立ちはだかって、復讐へと導いたかわかるかい？」

ディアナは目を大きく見開いて、じっと夫を見つめていた。

「取り戻すべき血の影に包まれた家では」とベシアンは続ける。「塔の隅に殺された者の血に染まったシャツを掲げ、その血を取り戻すまではずさないのだ。それがどんなに恐ろしいことか想像できるかい？　ハムレットだって、父の亡霊を目にしたのは二、三度、真夜中のひとときにすぎない。だが復讐を求めるシャツは、塔に昼も夜も、何か月も、春夏秋冬を通じてずっとさがっている。血痕が黄ばんでくると、人々はこう言うのだ。ほら、死者が復讐を待ち侘びていると」

「それであんなに真っ青な顔をしていたのね」ディアナは言った。

「誰が？」

「決まってるわ。さっきの山人よ」

「ああ、そうだ。違いない」

ふとベシアンは、「真っ青な」と言ったディアナの口ぶりが「美しい」と言っているかのような気がしたが、そんな思いはすぐに脳裏から消え去った。

「それで、これからどうするのかしら？」

「えっ、誰が？」

「誰って……あの山人よ」

「ああ、彼がどうするかって？」ベシアンは肩をすくめた。「旅籠の主人が言ったように、三、四日前に殺人を犯して、長期の、つまり三十日の休戦中とすれば、あと二十五日間は普通に暮らせることになる」ベシアンは苦笑いを浮かべたが、その表情は冷やかなままだった。「それは彼に与えられた、この世ですごす最後の許可のようなものだ。生者とは、生の許しを受けた死者にすぎないという有名な定義は、この山間においてこそ全き意味を持つのだ」

「そうね。あの人は死者のしるしを袖につけ、まるであの世からの許しを受けてやって来たみたいだった……」ディアナは深いため息をついた。「あなたの言ったとおり、ハムレットのように」

ベシアンは張りついたような微笑を浮かべて、外を眺めている。だが微笑んでいるのは、顔の上半分だけだった。

「でもハムレットは、いったんそうすべきだと納得したあとは、一心に殺人をなし遂げたが、あの男は」そう言ってベシアンは二人があとにした道を指さした。「あの男は自分からかけ離れた動機、時さえも越えた動機によって衝き動かされているのだ」

ディアナは注意深く耳を傾けていたが、それでも夫の言葉には理解しきれない部分もあった。

「はるか彼方から受けた命（めい）に従って死に向かうには、超人的な意思力が求められる」とベシアン続けた。「命令は本当に遠くから、いまはもういない世代からやって来ることすらあるのだ」

ディアナはまた深いため息をついた。

「ジョルグ」彼女は小声で言った。「あの人、そういったわね？」

「誰が?」

「もちろん、あの山人のことよ……旅籠で見かけた」

「そうそう、ジョルグ。たしかそういう名だ。どうやらあの男のことがショックだったようだね?」

ディアナはそっとうなずいた。


何度か雨が降りそうな気配はあったものの、水滴は地面にとどく前に宙に消えていった。ただ数滴、馬車の窓ガラスにあたった雨が、涙のように震えている。ディアナは雨粒がゆれるのを、しばらくじっと見つめていた。ガラスは水に濡れて、歪んで見えた。

ディアナには、もう少しも疲労感はなかった。むしろ心のつかえがとれて、すっきりと透明になったような気がした。しかしそれは寒々として、少しも心地よくはなかった。

「今年の冬はずいぶん長いな」とベシアンが言う。「春にゆずる気など、まったくないようだ」

ディアナはまだ景色を見ている。この風景には何か気を紛らわせ、思考を鈍らせて、頭をからっぽにするようなものがあった。ディアナは旅籠の主人の話を思い出していた。アリ・ビナクが行なった、掟の微妙な解釈の数々。とぎれとぎれにしか思い出せないそうした話の断片が、頭のなかをふわふわと漂い始める。そういえば二軒の家どうしが入口の大扉を蝶番からはずして、交換した話があった。ある夏の晩、一方の扉に銃弾が撃ち込まれた。辱めを受けた家の主人は、この恥辱をそそがねばならない。でも、どのようにして？　撃ち抜かれた扉のために血を奪還するわけにはいかないが、それでも被った恥は濯がれねばならない。その決着をつけるためにアリ・ビナクが呼ばれ、彼は次のような裁定をくだした。攻撃を加えた家の扉をはずして撃ち抜かれた扉と交換し、そのままずっとそうしておくようにと。

ディアナはアリ・ビナクが二人の助手をお供に、村から村、地方から地方へと旅する様子を思い浮かべてみた。これほど奇妙な一行は、ほかに想像しがたいだろう。またある夜のこと、不意の来客があって食べ物を借りようと、妻を隣家に使いに出した男がいた。何時間たっても妻は戻ってこない。それでも主人は何事もないかのように朝まで不安を抑えていた。だが妻は翌日も、翌々日も帰らない。この高地でも前代未聞の出来事が持ちあがっていた。男の妻は隣家の三人兄弟によって力ずくで引き止められ、三人は順番に彼女と夜を共にしていたのだ。

ディアナは自分がこの妻の立場だったらと想像して震えあがった。そしてこの恐ろしい考えをふり払うかのように頭をゆすったが、脳裏にこびりついてなかなか離れようとしなかった。

三日目の朝、やっと妻は戻ってきて、すべてを夫に話した。だが辱めを受けた夫はどうしたらいいのだろう？　それはかつて例のない出来事だったし、恥辱は血のなかでしか濯がれ得ない。しかし常軌を逸した兄弟の一族とは多勢に無勢である。ひとたび復讐が始まれば、恥辱を受けた一家は絶滅の運命にあるだろう。しかも男自身、腹の据わったほうではなかった。そこで彼はこの例を見ない事件のために、山人らしからぬ要求をした。長老たちの裁定を仰いだのだ。裁定は難しかった。高地の民の記憶にも前例のない事件をどう裁いたものか。三人兄弟にくだすべき罰も決めがたい。そこでアリ・ビナクが呼ばれ、彼は二つの解決策から選ぶようにと、罪深き兄弟たちに提案した。三人が順番にそれぞれの妻を、辱めを受けた男と一夜を共にさせるか、三人のうちひとりを指名して、自らの血で恥辱を贖わせ、しかもその報復はしないかだった。兄弟たちは協議の末、二番目の解決を選んだ。彼らのうちのひとりが、犯した罪を命をもって償うのだ。その運命は次男に降りかかった。

ディアナは次男の死を、映画の一場面のようにスローモーションで思い浮かべた。彼は長老たちの忠告を受けて三十日の休戦を求めた。そして三十日目、辱めを受けた男は待ち伏せをして、難なく彼をしとめた。

「それから?」とベシアンはたずねた。「それから、何も」と旅籠の主人は答えた。「男はこの世に生き、そしてこの世から消えた。すべてはいたずらに、気まぐれのままに」ディアナはまどろみのなかで、ジョルグという名の山人に残された時間に思いを馳せた。すでに運命は定められている。彼女はため息をもらした。

「ほらあそこに、避難の塔がある」ベシアンが窓ガラスを指でつつきながら言った。

ディアナは、彼の示すほうに目をやった。

「あれだよ。むこうにひとつだけ離れているのが見えるだろう？　小さな銃眼のついた塔だ」

「なんて陰気なのかしら！」

こうした塔についてはディアナも話に聞いていた。そこは殺人者たちが休戦期間の終わりに、家族に累が及ぶのを恐れて逃げ込むところなのだ。でも実物を目にするのは初めてだった。

「塔についている銃眼は村じゅうの道に面していて、なかに籠っている者たちに気づかれずには、誰ひとり近づけないようになっているんだ」とベシアンは説明した。「教会の正面扉を見張っている銃眼もある。和解の申し出に備えてね。もっともそれはめったにないことだが」

「人々はどのくらいそこに籠っているのかしら？」ディアナがたずねる。

「ああ、何年間もずっとだ。与えられた血と奪い返された血の関係が、新たな出来事によって変化するまで」

「与えられた血、奪い返された血」とディアナは繰り返した。「何だか銀行の取り引きみたいな口ぶりね」

ベシアンは微笑んだ。

「たしかに、まあその二つに大差はないな。掟は冷徹に収支計算をするものだから」

「本当に恐ろしいわ」ディアナは言った。それが彼の言葉を受けていったのか、避難の塔のことを言ったのか、ベシアンにはわからなかった。ディアナはあの陰気な塔を最後にもう一度見ようと、再び窓ガラスに顔を押しつけていたから。

真っ青な顔をしたあの山人も、あそこに逃げ込むのかしら、と彼女は思った。でもあんな石の塊に閉じ籠る前に、殺されてしまうかもしれない。

ジョルグ、と彼女は心のなかで繰り返した。胸にぽっかりと穴があいたような感じだった。何かが苦しげに崩れていく。しかしそれはまた、どこか心地よくもあった。

婚約期間や恋愛まっさかりのころには、どんな娘もほかの男など眼中になくなる。ディアナはそんな安心感が失われていくのを感じた。ベシアンと知り合って以来、誰かほかの男性に心動かされるなんて、これが初めてだった。あの男のことを考えている。ベシアンが言っていたように、いまはまだこの世に生存を許されているが、それはほんの短い期間、三週間そこそこにすぎない。そして彼があの黒いリボンをつけて山々を彷徨っているあいだにも、日ごとに残りは少なくなっていく。あれは切るべき森の木のように、死に選ばれた者が支払うべき血のしるしだ。でも彼は、その血を前もって渡してしまったかと思われるほど真っ青な顔をしていた。そして男の目は、ディアナの目を見据えてこう語りかけてくるかのようだった。私がここにいるのもあとわずかなのだ、異国の女よ。

男の視線に、これほど心乱れたことはなかった。きっと死が近づいているからだわ、とディアナは思った。あるいはあの若い山人の美しさが、彼女に哀れみを掻きたてたせいかもしれない。窓ガラスを濡らす二、三粒の水滴と、目に浮かんだ涙の区別も、彼女にはつけられなくなっていた。

「なんて長い一日かしら」大きく声に出して言ったその言葉に、彼女は自分でもびっくりした。

「疲れたようだね？」ベシアンがたずねる。

「少し」

「あと一時間かそこらで到着するだろうよ」

彼は妻の肩に手をやって、優しく抱きよせた。ディアナは抗いもせず、されるがままになっていたが、わざと力を抜いて夫が引きよせやすくするわけでもなかった。彼もそれに気づいたものの、妻の首筋から漂う香水にうっとりとして、耳もとに口を近づけ囁いた。

「今夜はどんなふうに寝ることになるのだろうね？」

ディアナは「知るものですか！」とでも言うように、肩をそびやかした。

「いずれにせよ、オロシュは大公の塔なのだから、二人とも同じ部屋に寝かせてくれるだろうよ」彼は声をひそめて、まるで悪事の相談でもするような口調で続けた。

猫撫で声に加えて、もの言いたげな流し目がディアナの顔にそそがれる。それでも彼女はじっと前を見つめたまま、返事をしなかった。むっとしてみせるべきなのか躊躇(ためら)いながら、ベシアンは腕を少し緩めた。夫の気持ちを察したのか、それとも偶然にか、ディアナが質問を口にしなければ、もう少しで彼は手をひっこめていたことだろう。

「何だって？」と彼は聞き返した。

「オロシュの大公というのは、王家の血筋を引いているのかってたずねたのよ」

「いいや、まったく」

「でも、それではどうして大公の称号が持てるのかしら？」

ベシアンは眉間に軽くしわをよせた。

「それがややこしい話で、本当を言うと大公ではないのだが、一部ではそんなふうに呼ばれている。高地の人々はプレンクと呼んでいるが、それも大公の意味なんだ。もっとも、むしろカピタンの名のほうが知られているのだが……」

気がつくと、ベシアンはずっと煙草をすっていなかった。あまり喫煙しない人のつねとして、箱から煙草を抜いてマッチを一本取り出すにも時間がかかる。彼がそんな動作をするのは、面倒な説明をあとまわしにしたがっているときだと、ディアナは感じた。事実ベシアンはオロシュの塔について説明を始めたものの（それは前にティラナでも中途半端なままになっていた。大公の補佐官室から、滑稽なほど堅苦しい文句で書かれたオロシュの塔への招待状が届いたときのことだ。一年中、昼夜を問わず、いつなんどきにでもおいでくださいとのことだった）その説明もやはり曖昧で、彼がティラナの部屋でソファーに腰かけお茶を前にして中断したときと変わりばえがしなかった。だがそれというのも、二人を迎えようとしている塔については、何から何まで曖昧模糊としているからなのだろう。

「厳密に言えば大公ではないのだが」とベシアンは言う。「見方によれば大公をも上まわっている。彼の家系が王家よりも古いからだけではない。とりわけ、高地を治めるそのやり方ゆえに」

それは掟に基づく独特な権力で、世界でもほかに例を見ないとベシアンは説明を続けた。はるか昔から、警察も行政も高地に介入できなかった。大公の城自体は警察組織も行政組織も持たないのだが、高地全体が大公の管理下にあった。そうした状況はトルコ占領時代にも、さらに以前にも変わらなかったし、セルビアやオーストリア占領下、第一次、第二次共和制、そして現在の王政になっても続いた。数年前に代議士のグループが高地を国の行政下に置こうと画策したが、失敗に終わった。地上のいかなる強権をもってしても、掟の力を山々から取り除くことなどできないのだから、むしろその力が国じゅうに広がるようにすべきであろうと、オロシュの支持者たちは主張したのだった。

ディアナは、塔の主がもともとは大公の血縁だったのかと問い返した。プレゼントに差し出されたアクセサリーが、本物の金なのかどうかを知ろうとしている女のように、まったく無邪気な口ぶりだとベシアンは思った。

オロシュの領主たちが大公の血縁だったとは思わない、とベシアンは答えた。少なくとも、血のつながりは確かめられていない。彼らの家系を遡っていくと、やがて過去の霧のなかに消えてしまう。ベシアンによれば、二つの可能性が考えられた。とても古いが無名の封建領主の血筋か、代々掟の解釈に携わっている一族かである。この一門はいわば法を司る神殿であり、神託をくだすと同時に法律記録を保管する機関なのだ。そして時とともに強大な力を集め、ついにはその起源は忘れ去られ、絶対的な権力を手中に収めたのである。

「オロシュの塔が掟の解釈をしているというのは」とベシアンは説明を続けた。「それが今日でも掟の護り手と認められているからだ」

「でもたしか前に言ってたわね。塔そのものは、掟の埒外に置かれているって」

「そのとおり。掟の権限が及ばないのは、あの一族だけだ」

「でも彼らには、たくさんの不気味な言い伝えがあるのでしょう？」

「もちろん、古い城が謎めいた雰囲気に包まれても不思議はないさ」

「とっても面白いわ」と今度は陽気に言って、ディアナはいきなり前のように彼にぴったりとより添った。「そんな城を訪れるなんて、わくわくするわね？」

ベシアンは、まるで全力を出し尽くしたあとのように深呼吸をした。そしてディアナを抱きよせると、優しいと同時に咎めるような目で彼女を見つめた。きみはすぐ近くにいるのに、どうして不意にあんなにも遠く離れて、ぼくを苦しめるのだ？　とでも言いたげだった。ディアナの顔には明るい微笑みが戻っていたが、ベシアンには横向きになっていたので、微笑のほとんどは前方の、はるか彼方へと放たれてしまった。

彼は顔を窓ガラスに近づけた。

「もうすぐ夜になる」

「塔はもう遠くないはずね」とディアナが言う。

二人とも、窓ガラス越しに塔を探した。午後の終わりの空は、重く凝固したまま動かない。雲までもが凍りついてしまったかのようだ。あたりに何か動きがあるとすれば、それは空ではなく地上のほうだった。馬が走るにつれ、山々が列をなして、二人の目の前をゆっくりと進んでゆく。

塔を見つけようと、二人は手を取り合って、地平線に目を凝らした。謎に満ちた塔に、刻々と近づきつつあるのだ。彼らは二度、三度と、声をそろえるようにして「あれだ！　あれだ！」と叫んだが、すぐに誤りだとわかった。それは雲のたなびく山の峰にすぎなかった。

周囲にはどこまでも、人っこひとり見えない。オロシュの塔の孤独を乱すまいと、家々も、生き物さえも姿を隠してしまったかのようだ。

「いったいどこにあるのかしら？」ディアナは恨めしげに言った。

二人は塔を探して、地平線上をゆっくりと目で追った。塔があらわれるのは、地上の岩だらけの山に挟まれたあたりよりも、空に浮かぶ雲の合間こそふさわしいかのように思われた。

銅のランプを手に、男は二人を塔の三階へ案内した。周囲の壁に、ランプの光が不気味にゆらめいている。

「こちらでございます」これで三度目、男は行く手が見やすいようにランプをかざしながら言った。床は板張りで、こんな夜中にはことさらに足音が響くように思われた。「こちらでございます」

室内に入ると、同じような銅のランプがあったが、ほとんど芯が出されておらず、壁やくすんだ赤地の絨毯を弱々しく照らすだけだった。ディアナの口から、思わずため息がもれた。

「ただいまお荷物をお持ちいたします」そう言って、男は音もなく立ち去った。

二人は部屋を眺めるでもなく、目と目を見合わせたまましばらく佇んでいた。

「大公をどう思った?」ベシアンが声をひそめてたずねた。

「何て言ったらいいのかしら」ディアナがほとんど囁くように答える。大公はどちらかというと捉えどころがなく、あの招待状の文面そのままに不自然な感じだった。そう打ち明けてもよかったのだが、もう時間も遅いことだし、そんな長々とした説明をするのも無駄な気がした。「何て言ったらいいのかしら」と彼女は繰り返した。「でも付添っていた血の管理官は、いけすかなかったわ」

「ぼくも同感だ」

ふとベシアンとディアナの視線が、どっしりとした樫のベッドに止まった。毛足の長い、分厚い緋色の毛布が掛かっている。ベッドの上の壁には、やはり樫でできたキリスト十字架像があった。

ベシアンは窓に近づいた。先ほどの男が、片手に銅のランプ、もう一方の手には二つのスーツケースを持って戻ってきたときにも、彼はまだそこに立っていた。

男は鞄を床に置いた。ベシアンは背を向けたまま、窓ガラスに顔を押しつけんばかりにしてたずねた。

「あれは何だね、あそこは?」

男がすたすたと近づく。ディアナは彼ら二人が窓の縁に身をのり出して、まるで深い淵を覗き込むようにしている様子を、しばらく見ていた。

「あれは大広間というか、回廊というか、呼び名はわかりませんが、高地の津々浦々から血の税を納めに来た者たちを迎える場所でございます」

「ああ」とベシアンは言った。窓ガラスを目の前にしていたせいで、その声はディアナの耳に奇妙に歪んで聞こえた。「あれが、かの殺人者の回廊か」

「血の奪還者（ジャクス）たちでございます」

「そう、血の奪還者たち……わかっている。私も話には聞いている……」

ベシアンは窓から離れようとしない。城の使用人は、音もなく数歩引き下がった。

「お休みなさいませ。奥様も、お休みなさいませ！」

「お休みなさい！」ディアナは、開いたばかりのスーツケースから顔をあげずに言った。どの寝間着にしようかと決めかねたまま、気がなさそうにひっかきまわしている。夕食が重すぎたせいか、胃のあたりがもたれていた。彼女はダブルベッドの赤い毛布に目をやり、それからスーツケースに向きなおった。ネグリジェを着るのは気がすすまなかった。

彼女がまだ迷っていると、夫の声がした。

「見に来てごらん！」

ディアナは立ちあがって窓に近づいた。ベシアンと入れかわりに窓際に立つと、凍りついたようなガラスの冷たさが体に滲みいってくるのが感じられた。窓のむこうには、夜の帳が深淵の上に垂れ込めている。

「ちょっとあちらを見て」ベシアンがそっと言った。

闇に目を凝らしたが、何も見えない。ただ果てしない暗黒に包まれて、彼女は身震いをした。

「あそこさ」とベシアンが、窓ガラスに指をつけて言う。「下のほうに……明かりが見えるだろう？」

「どこ？」

「あの奥……ずっと下に」

ディアナの目にようやく光が見えた。それは明かりというよりも、深淵の縁をほのかに赤く照り返す光のようであった。

「見えたわ」と彼女はつぶやいた。「でも何なの？」

「かの名高い回廊さ。あそこで血の奪還者たちが血の税を払うために、何日も、ときには何週間もずっと待つのだ」

ベシアンは、肩にかかる彼女の息づかいが早くなるのを感じた。

「でもどうして、そんなに待たなくてはならないの？」

「どうしてかはわからないが、塔は税を簡単には受け取らないんだ。きっとこの回廊に、いつも人が待っているようにするためだろう。寒そうだね！　何か羽織りなさい」

「あの山人も……ほら旅籠で会った、彼もここに来たのかしら？」

「きっとね。旅籠の主人が話していたのを、おぼえているだろう？」

「ええ、そうだったわ。あの山人は、三日前に血の税を払いに来たと、そう言っていたわ」

「そのとおりだ」

ディアナは思わずため息をもらした。

「それじゃあ、彼はあそこにいたのね……」

「高地の殺人者は、例外なくこの回廊を通ることになる」

「恐ろしいわ。そう思わない？」

「たしかに。四百年前、オロシュの城が建てられて以来、この回廊に昼も夜も、夏も冬も、つねに殺人者がいたのだと考えると」

ディアナは額のすぐ近くに夫の顔を感じた。

「むろん恐ろしい。恐ろしくなかろうはずがない。税の支払いを待つ殺人者たち、それはまさに悲劇的だ。見方によれば雄大だとさえ言える」

「雄大ですって？」

「字義どおりというわけではないが……でもとにかく……死を照らし出す蠟燭のように、闇のなかに灯るあの光ときたら……ああ、何て陰気なんだろう。しかもそれはたったひとりの死、ひとつの墓を照らす蠟燭ではなく、累々と広がる死なのだ。寒そうだよ！　何か羽織るように言ったじゃないか」

二人は塔の下に灯る明かりを見つめたまましばらくそうしていたが、やがてディアナは体が芯まで冷えきっているのに気づいた。

「ああ寒い。凍てつくようだわ」彼女は窓から離れると夫に言った。「ベシアン、いつまでもそんなところにいないで。風邪をひくわよ」

ベシアンはふり向くと、部屋の中央に二、三歩あゆみよった。そのとき、いままで気づかなかった柱時計が、ボーン、ボーンと二度鳴り響いて、二人を震えあがらせた。

「ああ、びっくりした！」ディアナはそう言ってスーツケースの上に身をかがめ、ややあってからつけ加えた。「あなたのパジャマを出すわ」

ベシアンは何かぶつぶつとつぶやくと、部屋のなかを歩き始めた。ディアナは、引出しだんすの上に立ててある鏡に近よった。

「眠くなった？」彼がたずねる。

「いいえ、あなたは？」

「ぼくもだ」

彼はベッドの端に腰かけて、煙草に火をつけた。

「二杯目のコーヒーは、飲むんじゃなかったな」

ディアナは何かつぶやいたが、口にへアピンをくわえているときのように、よく聞き取れなかった。

ベシアンは肘をついて寝そべったまま、鏡に向かう妻のうちとけた仕種をぼんやりと目で追っている。鏡、引出しだんす、柱時計、ベッドや、そのほか塔の家具はどれも、バロック様式をごく簡略化したラインを描いていた。

ディアナは鏡の前で髪をとかしながら、ベシアンのもの思わしげな顔にたなびく紫煙を、横目で見つめていた。櫛が髪のなかをゆっくりとすべる。彼女はもの憂げに櫛を引出しだんすの上に置くと、鏡に映る夫の顔を見つめたまま、まるで夫に気づかれたくないかのように、ゆっくりと静かな足どりで窓へ向かった。

窓ガラスのむこうには、苦悶と闇とがあった。彼女の体じゅうに戦慄が走ったが、それでも目だけは混沌のなかに失われた小さな明かりを執拗に探していた。ようやく明かりが見つかる。それは下方の同じ場所に、深淵の上に浮かぶようにしてあった。弱々しく瞬くその光は、いまにも闇に飲み込まれそうだった。彼女は長いあいだ、暗い淵のなかの微かな赤い光から目を離せなかった。それは原始の赤い炎、千年間も地の底から微かな光を発し続けるマグマのようだった。まるで地獄の門だわ。と突然、この地獄を通り抜けてきた男の姿が、耐えがたいほどの激しさで彼女の脳裏に蘇った。ジョルグ、と心のなかで呼んでみる。凍てついた唇をそっと動かしながら。あの人は死の知らせを、手のなか、袖の上、翼のなかに持って、近づくことのできない道を彷徨い歩いている。こんな暗闇と創造の混沌に立ち向かうなんて、やはり半神に違いない。そしてあの風変わりで近よりがたい様子が、あの人にはかり知れない大きさを与えている。あの人は大きく脹らみ、夜の闇に響く遠吠えのように、空に漂っている。

いまではもうディアナには、その目で彼を眺め、彼もまた自分を見ていたことが、信じられない思いだった。あの人に比べたなら、私には神秘のかけらもない、と彼女は感じた。山岳のハムレット、とベシアンの言葉を繰り返してみる。わが暗闇の王子。

またあの人に会えるだろうか？　そしていま、この窓辺で、冷たいガラスに額を押しつけながらディアナは思った。もう一度あの人に会えるならば、どんな犠牲も厭わないと。

そのとき彼女は、背後に夫の息づかいを感じた。腰に手がかかる。彼女の体のうちでも、夫がとりわけお気に入りの場所だ。彼はしばらくそっと愛撫していたが、ディアナの表情が窺えないまま、囁くような声でたずねた。

「どうかしたのかい？」

彼女は何も答えず、黒いガラスにじっと顔を向けたままだった。共にガラスの彼方を眺めるよう、誘いかけるかのように。

第四章

マルク・ウカツィエラが塔(クーラ)の三階に通じる木の階段をのぼっていくと、そっと呼びかけてくる声がした。

「しっ、客人たちがまだお休みですぞ」

彼が少しも歩調を変えずにのぼり続けたので、階段の上から声が繰り返した。

「静かにするように言っただろう、聞こえなかったのかね？　客人たちがお休みなのだから」

自分にこんな口をきく不届き者は誰だとばかりに、マルクが目をあげたちょうどそのとき、召使いのひとりが、静寂を破る者の正体を確かめようとランプの上に首を伸ばしたところだった。

しかし召使いは、相手が血の管理官だとわかると、あわてて口を手で押さえた。

マルク・ウカツィエラはそのままのぼり続け、階段の上まで来ると、茫然としている召使いの脇を、ふり向きもせずに無言で通りすぎた。

ウカツィエラは大公に近い従兄弟のひとりで、城の仕事のなかでは血に関する業務を受け持っていたので、血の管理官と呼ばれていた。召使たちも大方は大公の従兄弟だったが、ずっと遠縁にあたっていたので、この管理官のことも大公と同じくらいに恐れていた。彼らは唖然として、危うく難を逃れた仲間を見つめていた。ほんのわずかの落ち度でも、ずいぶんと厳しく叱責されたときのことを、恨めしく思い出しながら。血の管理官は、前夜賓客たちと豪華な晩餐を共にしたあとだというのに、今朝は心ここにあらずといった様子である。顔は土気色で、見るからに不機嫌そうだ。彼は召使いたちには見向きもせずに、居間に続く大部屋の扉を開き、なかに入った。

部屋は冷え冷えとしていた。白木の樫で縁取った、小さな高窓のガラスから射し込む光は、敵意に満ちたいち日の始まりを感じさせた。彼は窓ガラスに近づくと、じっと動かない雲を眺めた。四月が始まろうとしているのに、空にはまだ三月が居すわっている。そんな思いが脳裏をよぎったとき、彼は何か苛立ちを覚えた。あたかもそれが、自分ひとりになされた不正だとでもいうように。

陽光はどんよりとしているが、それでも目に眩しかった。光でわが目を苛もうとするかのように、じっと外を見つめていると、忍び歩きに満ちた廊下も、「しっ、静かに」という声も、昨夜やって来た、どことなく虫の好かない客たちも忘れることができた。

晩餐は煩わしかった。食欲はなかったし、何かが胃を蝕んで、なかをからっぽにしていた。ともかく胃を満たそうと無理して食べてみるものの、ひと口ごとにさらに空洞が穿たれるような感じがした。

マルク・ウカツィエラは窓から視線をそむけて、樫のどっしりとした書棚をしばらく見つめていた。大部分が古い書物で、ラテン語や古いアルバニア語で書かれた宗教書だった。別の棚には、掟(カヌン)やオロシュの塔を直接、間接にあつかった現代の出版物が並んでいる。専門に論じた本もあれば、抜粋や記事、論文、詩を掲載した雑誌もある。

マルク・ウカツィエラの職務はおもに血の税に関わることだったが、城の文書管理も任されていた。書棚の下段には各種記録文書が保存されており、安全のために内側を金属板で覆って、鍵をかけてある。そこには証書、内密の取り決め、外国領事と交わした書簡、アルバニア第一、第二共和国政府、王政政府との協約、トルコ、セルビア、オーストリア政府や占領軍司令官との協約などが収められていた。

外国語で書かれた証書もあったが、大部分は古いアルバニア語だった。大きな南京錠が、両開きの扉のあいだに黄色く光り、鍵はしっかりマルクの首に下げられている。

マルク・ウカツィエラはもう一歩書棚に進みよると、撫でるような、と同時に敵意のこもった仕種で、オロシュを扱った本や雑誌の列に手を這わせた。彼は一応の読み書きはできたものの、充分に内容を理解するには足りなかったので、塔から遠くない修道院から月に一度僧がやって来て、送られた本や雑誌の整理にあたっていた。それらは内容に応じて、良書、悪書に分けられた。

オロシュや掟を褒めていれば良書であり、貶していれば悪書だった。両者の数量比はつねに変化した。たいていは良書のほうが多かったものの、悪書の数も無視できなかったし、ほとんど前者に匹敵するくらいにまで増えることもあった。

マルクはもう一度苛立たしげに手を本にやって、二、三冊押したおした。小説もあれば、劇や高地の伝説集もある。僧が言うには、それらは人心を安んずる本だが、なかには苦い毒気を含んだものもあって、よくも大公はそんな本を蔵書に加えて平気でいられるものだと理解に苦しむそうだ。マルク・ウカツィエラとしては、もし自分の一存で決められるものなら、そんな本はとっくの昔に燃やしているところなのが、大公はいっこうに無頓着だった。燃やしたり、窓から放り捨てるどころか、ときにはページをめくっていることさえあった。だがともかく主人は彼なのであり、自分の行動についてはわきまえているはずだ。

昨夜だって晩餐のあと、広間を出て客たちに城内を案内してまわったとき、書架のところまで来ると大公はこう言ったものだ。「オロシュに対してはずいぶんと悪口雑言が浴びせられてきましたが、そんなことでオロシュはびくともしませんでしたし、これからも同じことですな」そして塔の守備を検分する代わりとして、本や雑誌の、ページをめくってみせるのだった。そこに塔に対する攻撃の秘密だけでなく、塔を守る秘密も隠されているかのように。

「倒壊した政府や」と大公は続けた。「この地上から姿を消した王国は数知れません。しかしオロシュは、いつでもこうして建っているのです」

作家だという相手の男は、本や雑誌の上に身をかがめて、黙って題名を読んでいた。マルクはこの男も、その美しい妻も、ひと目見たときから好かなかった。夕べの会話のなかから聞き知ったところでは、あの男も高地(ラフシュ)について書いているが、それは良書、悪書のどちらとも言いがたいものらしい。折衷的とでもいうのだろうか。だからこそ、大公は彼を妻ともども城に招いたのだろう。その真意を探り、見定めるために。

血の管理官は書棚に背を向けて、再び窓の外を眺め始めた。彼からすれば、あの客たちにはどうも油断がならなかった。二人が革の鞄を手に、階段をのぼってくるのをひと目見たときから感じていた、漠然とした反感のせいばかりではない。むしろ反感のもとにあるもうひとつ別の感情、あの客たち、とりわけ女のほうが彼の内に掻きたてる恐れにも似た感情のためだった。血の管理官は苦笑いをした。彼を知る者は皆、仰天することだろう。どんな強者(つわもの)にもまして恐れを知らぬ豪胆者で聞こえるあのマルク・ウカツィエラが、女ひとりを前に怖じ気をふるうなんてと。だがそれは、紛れもない事実だった。あの女が恐ろしいのだ。昨晩あのテーブルを囲んで交わした話題について彼女が不審を抱いていたのは、その目を見れば明らかだった。主人の大公が――慎み深くにせよ――口にする言葉は、ゆるぎない法にも等しいものを、それがあの女の目に達するやたちまち音もなく風化し、虚しく崩れ落ちていく。そんなはずがあるだろうか？　マルクは二度、三度と自問し、そしてすぐに気を取り直して思った。いや、そんなはずない。このおれがどうかしていたのだ。だがあらためて若い女のほうを盗み見ると、その目のなかでたしかに言葉は希薄になり、威力を失っていく。言葉のあとには塔の一角が瓦解し、そしてマルク・ウカツィエラ自身もが崩れ落ち、さらにそのあとには……。こんな出来事は初めてだった。だからこそ彼は恐ろしかったのだ。ありとあらゆる賓客たちが、大公の客室に泊まった。教皇の使節団やゾグ王の近親者もいれば、哲学者や学識者と称される髭の男たちもいた。だが誰ひとりとして、こんな気持ちをマルクの内に掻きたてた者はいない。

昨晩大公がいつになく饒舌だったのも、きっとそのせいなのだろう。周知のごとく、大公にはまったく贅言というものがない。ときには歓迎の言葉を述べる以外、口を開かないことすらある。そして会話を続けるのは、概してまわりの者たちである。ところが驚いたことに、昨晩大公はいつもの習いを絶ったのだ。しかもよりによって、女を前にして。いやあれは、ただの女じゃない、魔女だ。山奥に住む、美しいが邪悪な妖精だ。実際、そもそもの過ちが、しきたりに反してあの女を〈男たちの部屋〉に招き入れたことだ。掟がこの部屋を女人禁制にしたのにもわけがあったのに、不幸にして近ごろでは当世風というやつが幅を効かせ、悪しき風潮は掟の支柱たるここオロシュにおいてさえ見て取れるのだ。

マルク・ウカツィエラはまた胃のあたりが、ぽっかりと穴があいたようにむかむかとしてきた。

内にこもった宿怨と吐き気が混ざり合い、どこかに浮かび出ようとしているのに、適当な場所が見つからないまま逆戻りして彼を苦しめていた。吐いてしまいたかった。事実しばらく前から気づいていたのだが、すっかり雄々しさをなくした平地の町々から忌まわしい風が吹きよせて、山岳地方を汚そうとしている。それは着飾って栗色、はしばみ色の髪をした女どもが、高地にあらわれたときから始まった。ことこと走るやくざな馬車に乗って、男とは名ばかりの男と旅する女。やつらは名誉さえも捨てた生き方へと人々の心を掻きたてるのだ。何たることだろう、気まぐれな人形どもは、〈男たちの部屋〉にまで入り込んできた。しかも掟の源たるオロシュにおいてさえ。だがすべて偶然ではない。周囲で何かが急速に衰え、解体しようとしているのだ。血の奪還が減っている点については、彼としても弁明せねばならない。昨晩大公は、マルクのほうをちらりと横目で見ながら、苦々しげに言った。「祖先たちから受け継いだ掟を、緩めてほしいと願う者がいるのです」大公のあの視線は、何を意味していたのだろう？　掟が、とりわけ血の奪還が、このところ弛みがちな兆候をみせているのが、このマルク・ウカツィエラの責任だとでもいうのだろうか？　女々しい男どもの町から吹きよせる悪臭を、大公は感じていないのだろうか？　たしかに今年、血の税は減収したが、それはおれひとりのせいじゃない。トウモロコシが豊作だったからといって、土地管理官ひとりの手柄でもあるまいに。天候が悪ければ、収穫だってどうなっていたものか！　当たり年だったおかげで、土地管理官は大公からお褒めをもらったが、血は空から降ってくる雨とはわけが違う。減収の理由はもっと込み入っているのだ。むろん責任の一端は自分にもある。でも何から何までおれのせいというわけじゃない。ああ！　もっと大きな権限を与えられていて、思いのままに采配をふるえるなら、それなら血の税について厳しく問われてもしかたないし、どうすべきか自分なりに考えもある。ところが血の管理官などという恐ろしげな肩書こそ人々を震えあがらせるものの、できることといったら限られている。だからこそ、血の体制が高地で危機に瀕しているのだ。復讐の数は年々減少し、今年の第一期などひどいものだった。うすうす感じていたことだったので、部下が行なう会計報告を気を揉みながら待っていたのだが、それが数日前にできあがった。その結果たるや、彼の予想を上まわっていた。受領額は前年同期の七十パーセントにも達していない。しかもよりによってこのときは、土地管理官だけでなく、大公のもとにある管理官全員が、かなりの金額を金庫に納めていた。家畜・牧草管理官や貸付金管理官、とりわけ織物業から鍛冶屋に至るまで、道具を要する活動全般を統括する粉挽き小屋・炭鉱管理官が。ところがそのもっとも中心たるべき彼は（ほかの徴収は城の領地に限られるが、彼の徴収は高地全体に及ぶのだから）、以前はひとりでほかのすべてを合わせただけの収入をあげていたのに、それがいまでは半分にも満たないのだ。

昨日の晩餐のとき、大公の視線が口ぶり以上に苦々しげであったのはそのせいだ。大公の目つきは、まるでこう言っているかのようだった。血の管理官たるおまえは、率先して復讐を奨励し、復讐が沈滞し休眠しようとするときには、眠りを覚まし、鼓舞、叱咤せねばならぬのだぞ。

それなのにおまえは、まるで逆のことをしている。肩書詐称ではないか。そう大公の目は言っていた。何たることか。マルク・ウカツィエラは窓辺で深々とため息をついた。どうしてそっとしておいてくれないのだ！　心配事はもう沢山だ……。

彼は苛立たしい気持ちをどうにかふり払って、書架の下に身をかがめた。そして重い扉を開くと、革装のぶ厚い帳簿を取り出した。二列にわかれてびっしりと書き込まれた厚いページを、ぱらぱらとめくっていく。だが目は何も読んでいない。ただ何千もの名前の上を冷やかに通りすぎるだけである。川辺の小石にも似て無数に並ぶ名前の文字。ここには高地じゅうの復讐の事例が、詳細に記されている。家族や一族が互いに抱え持つ死の負債。両陣営による負債の支払い。未回収の血。それが十年、二十年、ときには百年後に、新たな復讐を引き起こす。果てしない負債と支払いの計算。すっかり根絶やしになったいくつもの世代。血の樹と呼ばれる父系図。乳の樹は母系図。血で血を洗い、ひとりやられれば、ひとりやり返す。こうして四対、十四対、二十四対の死者が続こうとも、つねに奪うべき血がまだひとつ残っている。それは群れを率いる牡羊のように、背後に新たな死者の群れを従えている。

帳簿は古くから続いていた。おそらくはこの塔と同じくらいに古くから。そこには何ひとつ欠けていない。長いあいだ平穏に暮らしていた家族、一族が、突然、疑惑、懸念、噂や悪夢によってその安寧を乱されると、使者が調べにやって来る。そのとき、この帳簿が開かれるのだ。そして血の管理官マルク・ウカツィエラは、何十人もの前任者たちに倣って、厚い帳簿をめくり、一ページ一ページ、一列一列、血の樹が広がるあとを追いながら、最後にある一点に止まる。「そうです。取り戻すべき血がありますな。これこれの年、しかじかの月に、血が未回収のままにされておる」そんなとき血の管理官の目は、長年の怠りを厳しく責めていた。おまえたちの平和は、偽りの平和だったのだ、哀れな者どもよ！　とでも言わんばかりの目だった。

もっともそんなことはめったにない。ふつうは世代を経ても、家族の者たちは未回収の血を忘れはしない。それは一族の記憶の中心であり、何か例外的な出来事でもない限り、忘れてしまうなどありえなかった。例えば不意の災害や戦争、移住、ペストの流行のように、後々まで影響を残す出来事がない限り。そのとき死は孤高と威厳を失って、ありふれて月並みな、重厚さを欠いたものになる。泥にまみれ、鬱々と押しよせる死にのまれて、取り戻すべき血のひとつが紛れてしまうこともある。だがたとえそんな事態になっても、帳簿がここ、オロシュの塔に、鍵をかけてしまわれている。そして何年かが過ぎ、家族が花開き、若芽を伸ばすころ、ある日疑惑が、噂が、あるいは悪夢がやって来て、すべてがまた始まるのだった。

マルク・ウカツィエラは帳簿をめくり続けながら、復讐が盛り返す時期、逆に低下する時期にかわるがわる目を止めた。これまで何十回もためつすがめつ合わせ見たものだが、いまあらためてページをめくりながら、彼は不審げに首をふった。そこには、まるで過ぎ去った時を密かに非難するかのように、不満と威嚇とが込められていた。一六一一年から一六二八年までは、十七世紀を通じてもっとも多くの血が取り返されている。ところが一六三九年は最低となる。高地全体で、殺人は総計七二二件である。その年には暴動があって大量の血が流されたものの、掟の血とは別物だ。続く一六四〇年から一六九〇年までの半世紀間は、かつて溢れるように流された血も年々少なくなり、ほとんど滴り落ちることはなかった。血の奪還も、終焉に近づいたかのごとくだった。だが消え入るかと思われたそのとき、以前にも増して激しく勢いを取り戻した。一六九一年、復讐件数は倍増。一六九三年、血の奪還数は三倍、一六九四年には四倍になった。掟に重大な変更がなされたからだ。それまでは殺人の張本人にのみ向けられていた血の奪還が、家族全体にまで広がったのだ。この世紀最後の数年間と次世紀初頭の数年間は、真っ赤に血塗られていた。活況が十八世紀半ばまで続いたのち、新たな不毛期が訪れた。一七五四年、次いで一七九九年は壊滅的だった。さらに一世紀を経て、一八七八、一八七九、一八八〇年の三年間は暴動や外国との戦争があって、復讐の件数は落ち込んだ。戦争で流された血は、オロシュの塔や掟とは無縁であり、それゆえジャクフプスの年〔アルバニア語でジャクは「血」。フプは「失う」の意味。つまり血が無駄に失われ、血を奪還する義務を持たない時期のこと〕だった。

だが今年の春ときたら、最悪の出だしだった。あの三月十七日のことを思い出すと、震え出しそうになる。三月十七日、と彼は繰り返した。ブレズフソットでの殺人がなかったなら、あの日はただの一件も血の奪還が行なわれなかったのだ。この一世紀来、そんな白紙の日は初めてだろう。おそらく二世紀、三世紀、五世紀前からも、もしかしたら血の奪還が始まってこのかた。そしていま、帳簿をめくりながら、彼は指が震えるのを感じていた。三月十六日は八件、十八日は一一件、十九日と二十日は五件ずつ。なのに十七日は危うくひとつの死もないところだった。そんな日があるかもしれないと思っただけでも怖じ気をふるうというのに、恐ろしい事態はもう少しで本当に起こったのだ。もしブレズフソットのジョルグとかいう男が決起して、あの日曜日を血に染めなかったならば。彼のおかげで救われた……。だからマルク・ウカツィエラは、血の税を払いに来た彼の目を、憐憫と感謝の気持ちで見つめたものだったが、相手はかえって狼狽していた。

マルクはようやく帳簿を書棚の仕切りの奥に戻した。もう十回も、現代の著作や雑誌に目を走らせている。ときどき整理係は本を並べながら、掟に敵対する文章をところどころ読んでくれた。そこでは掟の一節やオロシュの塔までもが半ば公然と非難されていて、マルクは驚くとともに腹立たしかった。ふむ、続きを読んでくれ、とマルクは相手が読むのをさえぎって、不満のつぶやきを漏らした。彼の怒りは増すばかりで、その矛先はこんな汚らしい、恥ずべき言を弄した本人のみならず、町と平地の住人すべて、さらに町と平地そのもの、なべて平地の国々すべてにまで向けられた。掟の厳しい規則は復讐を助長しているのか、あるいは逆に復讐の歯止めとなっているのかという問題をめぐり、おりよく雑誌が論争を繰り広げているようなときには、好奇心に駆られて何時間もずっと議論に耳を傾けることもあった。ある人たちの主張によれば、掟の基礎をなすいくつかの条項、例えば血は決して失われることなく、血は血によって贖わねばならないと定めた項などは、復讐のあからさまな奨励であり、それゆえ野蛮な条項だという。反対に、こうした条項はいっけん冷酷非道だが、実はきわめて人間的なものである、とする者もいる。なぜなら死には死を与える法こそが、潜在的な殺人者を押し止めるからだ。自ら血を流したくなければ、他人の血も流すべからず、とその法は警告するのである。

こんな類の記事ならまだしも我慢できたが、思わず唸り声をあげてしまうようなものもあった。四か月前にも忌まわしき雑誌の一冊に、悪意に満ちた記事が匿名で発表された。会計記録まで付したその記事は、大公に幾晩も眠れぬ夜を過ごさせたのだった。そこには過去四年間にオロシュの城が血の税として記帳した全収入が、驚くべき正確さでもって示されていた。さらにはトウモロコシ、家畜、土地売却、貸付金利などといった他の収入と対照して、そこからたわけた結論をいくつも引き出していた。例えば現代ではあらゆるものが変質しており、それに伴って掟の隅石たる誓い、「血の奪還」「客人」も変質したなどと結論する。それらはアルバニアの生活において至高の要素だったが、年月を経るにつれて歪められ、徐々に非人間的な機構へと変わってゆき、ついには利潤に基づく資本主義的な事業になってしまった、と記事の筆者は述べていた。記事にはマルクが聞き慣れない、わけのわからない用語が数多く使われており、整理係の僧はひとつひとつ根気よく説明してくれた。例えば「血の産業」「商品としての血」「復讐のメカニズム」などの表現があった。記事の題名はといえば、仰々しくも「復讐学」などと銘うってある。

当然ながら大公はティラナの知人を通じて、首尾よくすぐに雑誌を差し止めさせたが、いくら手を尽くしても、ついに筆者の名はわからなかった。雑誌は発禁になっても、マルク・ウカツィエラは心中穏やかではなかった。こんなことが書かれたという事実、人が思いついたという事実だけでも、彼には驚愕だったのである。

壁の大時計が七時を打った。彼はまた窓ガラスに近づくと、遠くの頂きをぼんやりと眺めながら、頭のなかで思考が希薄になっていくのを感じた。しかしいつものように、それはひとときの空白だった。もやもやとした灰色の塊が、ゆっくりと心に満ちてくる。ただの霧ではないが、思考とは呼べないような何か。そのどちらともつかず、どんよりとして不完全な何か。一か所が晴れ渡ったかと思うと、すぐに別のところが曇ってしまう。マルクはこんな状態に取り憑かれたまま、何時間も、さらには何日もが過ぎていくような気がした。

高地という謎を前にして心が固まりついてしまうのは、これが初めてではなかった。彼にとって高地だけが分別をわきまえた正しい世界だった。それ以外の「下方の」地域は、瘴気と頽廃が湧き立つばかりの、じめじめとした窪地にすぎなかった。いままで何度もしてきたように、窓辺にじっと佇んだまま、彼はアルバニア中央部から国境の彼方まで果てしなく広がる高地をすべて思考のなかに包み込もうと、いたずらに努力した。各地からもたらされる血の税ゆえに、いわば高地じゅうが彼につながっているとはいえ、それでもやはり高地が謎であることに変わりはなかった。土地・ブドウ畑管理官、炭鉱管理官の仕事などたやすいものだ。トウモロコシやブドウならば、赤く蝕まれても目で見てわかるし、炭鉱の状態だって同じだ。だが彼に任されているのは、目に見えない畑なのだ。ときにはあと少しで謎の正体を見きわめ、解決できそうに思うこともあったが、それがいつの間にか彼の手を逃れ、雲散霧消してしまうのだった。そんなとき、彼はあらためて死の畑の肥沃と不毛の秘密を見つけだそうと、虚しい努力をした。だが死の畑はほかの畑と違って、雨の日、冬の日でも干あがってしまう。それだからこそ、いっそう恐ろしいのだ。

マルク・ウカツィエラはため息をついた。ぼんやりと地平線に目をやりながら、果てしなく広がる高地を思い描こうとした。高地には急流もあれば洞穴もある。雪や牧草地、村や教会もある。だがそんなものには関心がなかった。マルク・ウカツィエラにとっては、広大な高地もたった二つに分けられる。死を創出するところ、しないところである。死をもたらす地域が、その土地や事物、人々とともに、いつものようにマルクの脳裏をよぎっていった。東西南北に張りめぐらされた、大小いく千もの用水路の傍らには、数多くの争いが生じ、復讐が続く。何百もの導水溝、何千もの境界標の近くにもたちまち紛争が生まれ、報復が繰り広げられる。いく万もの縁組のうち、何らかの理由で破談になるものが数百、だがそれがもたらすのはただ喪の悲しみのみ。気短で荒っぽい高地の男たちは、日曜日に何かのゲームにでも興じるように、死と戯れているのだ。いっぽう不毛地帯も同じように広大である。墓地はすっかり死に飽いて、もうこれ以上死者を増やすこともないだろう。そこでは殺人も、争いも、口論さえもが禁じられているのだから。ジャクフプス、つまり殺され方や死の状況からみて、復讐に値しないと掟が言い渡した者たちや、血の法に支配されない司祭や女たちも皆、こちらの側に属している。

マルクは誰にも明かせない常軌を逸した思いに、いく度心ひそかに駆られたことか。ああ！女も、男たち同様、復讐の手の内にあったならば……。でもすぐに自分が恥ずかしく、そら恐ろしくさえなるのだった。もっともそれはめったにないことで、月末や四半期末に会計記録を見て、すっかり気落ちしたときに限られていた。うんざりして、もう考えまいとするのだが、どうしてもまたそこに戻ってしまう。ただ今日の場合は掟が恨めしいというよりも、単に驚きのあらわれからだった。ふつう喜びのうちに行なわれる婚礼がときに諍いを招き、復讐の口火となるのに対し、悲しいはずの葬式がめったにそうはならないことが、彼には不思議だったのだ。次に古来からの復讐と近来の復讐を比べてみた。どちらにもそれぞれ長所と短所がある。古くからの復讐は、長年耕している土地のように確実だが、どちらかといえば淡々として緩慢だ。新しいほうは逆に荒っぽく、たった一年間で古来からの復讐二十年分の死を引き起こす。しかしまだしっかり根づいていないために、和解のうちに終わってしまいがちだ。だが古くから続く復讐は、なかなか示談にはなりにくい。いく世代にもわたって幼いころから復讐に慣れ、復讐なしの生活など想像しがたいので、そこから解放されようとは思ってもみないのだ。「十二年目を迎える血は樫のごとし。引き抜くこと容易ならず」と言われるも、故なしとはしないのである。つまるところマルク・ウカツィエラは、次のような結論に達していた。二種類の復讐は、古くからの伝統と新たな活力によって互いに結びついており、いっぽうが枯渇するならば他方にも影響する。だから例えばここ最近でも、どちらの復讐がまず衰退し始めたのかは見きわめがたい。ああ、何たることだ、と彼は大声に出して言った。こんな事態がいつまでも続いたら、わが身の破滅になりかねんぞ。

大時計が鳴る音に、彼は飛びあがった。いくつ打つのだろう……。六つ、七つ、八つ。扉のむこうから聞こえてくるのは、箒が廊下を掃く軽い物音ばかり。客人はまだ眠っている。

陽光はやや明るさを増したものの、あいかわらず冷たい敵意をはるか彼方からもたらしていた。ああ、神よ。彼は深いため息をつくあまりに、脇腹のあたりが、取り壊そうとする小屋の梁さながら、みしみしと軋むような気がした。目は山の上に広がる灰色の虚空をぼんやりと見つめている。空が山を陰らせているのか、山が空を陰らせているのか、どちらとも言いがたかった。

彼の眼差しには、問いかけ、威嚇、怒りがない混ぜになっていた。そして目の前に広がる空間に向かって、こう言っているかのようだった。何があったのだ？　どうしてそんなに変わってしまったのだ……。

この高地のことは、ずっと熟知しているつもりだった。ヨーロッパでももっとも広大な高地のひとつ。アルバニア国内に何千平方キロも広がり、なおも国境を越えて、コソボのアルバニア人地域まで続いている。スラヴ人たちはそこを「古いセルビア」と呼んでいるが、実は高地の一部なのだ。いままではそんなふうに思っていたのに、近ごろでは高地を見ても何かよそよそしさが感ぜられてしかたない。陽光のなかにある不可解で皮肉っぽい悪意のもとが、いったいどこから由来するのか探ろうとするかのように、彼は心のなかで斜面を這いのぼり、淵をかすめた。風が立ち、山々が身をまるくよせ合うとき、それが何かまるで見知らぬものに思えてくるのだった。

たしかに高地には、はるか昔から死の機構が築かれていて、古めかしい機械が日夜死を挽き続けている。そして血の管理官たる彼は、ほかの誰よりもその秘密を心得ていた。だからといって、疎外感をふり払う助けにはならなかった。そんなときには、何とか気を取り直そうと、心のなかでこの冷たく広がる土地をめぐり始めるのだった。高地は彼の頭のなかで、地図とも、葬儀の食卓にひかれたテーブルクロスともつかぬ、奇妙な形で広がっていった。

こうして彼はいま、書斎の窓辺で、死の描く地図を思い浮かべていた。心のなかに肥沃な高地の土地が整然と浮かんでくる。それは大きく二つに分けられた。耕されている土地と、復讐のために荒地になったままの土地である。すべてはきわめて単純な秩序に従っている。復讐すべき側は土地を耕す。自分が殺す番ならば、誰も恐れずに畑に出られるから。逆に復讐を受ける側は身を守るために、荒地を残して避難の塔に閉じ籠る。だが復讐をする側が殺人を遂行したならば、たちまち立場は逆転する。復讐すべき側から今度はされる側、すなわち血の奪還者（ジャクス）となり、土地を捨てて避難の塔に引き籠ることとなるのだ。もちろん敵は反対に血の奪還者ではなくなり、閉じ籠っていた塔から出て、何の恐れもなく自由に畑仕事に出るようになる。そんな状態が次の殺人まで続き、そしてまたすべてが逆転する。

　塔の仕事で山間を旅するとき、マルク・ウカツィエラは耕された土地と忘れられたままの土地の比率を必ず観察してみる。普通は耕された土地のほうが広い。穀物畑の四分の三近くがそうだ。ところが荒地が増えて比率が変わった年もあった。荒地が三分の一、総面積の二パーセントに達し、ときには耕作された土地に匹敵するまでになった。荒地の面積が耕作地を抜いた年すら二回ほどあった。だがそれも過去のことだ。復讐の衰退とともに、少しずつ荒地は狭まっていった。荒地こそマルク・ウカツィエラの喜びだった。それは掟の力強さを物語っている。血が奪還できるなら一族郎党土地を捨て、飢えに苦しむのも厭わないという者たちがいるいっぽうで、季節がめぐり年を経ても復讐を延期したまま、そのあと長期間閉じ籠れるだけのトウモロコシを蓄えている一家もある。人としての尊厳を守るも失うも本人の自由だ、と掟は定めている。各々がトウモロコシと復讐のあいだで選択をする。恥をしのんでトウモロコシを選ぶ者もいれば、逆に復讐を選ぶ者もいる。

　マルク・ウカツィエラは、仇同士になった両家の土地が隣り合わせになっているのも、よく目にした。

　それはいつも同じ光景だった。いっぽうは耕された畑、他方は荒れ放題の畑。耕された畑の土(つち)塊(くれ)に、マルク・ウカツィエラは何か恥ずかしい思いがした。たちのぼる靄、その香りやたおやかさに胸が悪くなった。いっぽう隣の荒地がでこぼこだらけで、皺のようにも、引いた顎のようにも見えるのには胸を打たれ、目頭が熱くなるほどだった。高原地方では、いたるところ同じ光景だ。耕された土地と荒地が、道を挟んだ両側に隣り合いながら、冷たく憎々しげに睨み合っている。さらに奇妙なことには、季節がひとつ、ふたつめぐるころ、その立場は逆転しているのだった。かつて荒地だったところがにわかに地味を肥やし、耕されていたはずの土地は荒地に変わっている。

　今朝からもう十度目にもなろうか、マルク・ウカツィエラはため息をもらした。心はまだ彼方を彷徨いながら、畑から街道へと移っていった。仕事で遠出をした際など、多くの街道を徒歩や馬で行ったものだ。呪われた頂き街道、影街道、黒のドリン街道、白のドリン街道、悪街道、旗じるし本街道、十字架街道。こうした道々を、日夜、高地の人々が歩きまわっている。恒久の誓いに守られた特別な区間もある。そこで殺人を犯したならば、共同体全体から復讐を受けることになるのだ。例えば旗じるし本街道のうち、石橋から大プラタナスまでは、ニカイとシャラ地区の誓いのもとにある。ここで危害を被った者がいれば、ニカイ地区とシャラ地区がその復讐を果たすのだ。同じく影街道では、レカの原から〈聾の粉挽き小屋〉までが誓いに包まれている。ツライ街道も〈冷水の急流〉までがその恩恵を得ていた。ニカイとシャラの屋敷も、また十字架街道の旅籠〈古亭〉も家畜小屋を除いては、誓いに守られていた。同様にして旅籠〈若後家亭〉は北扉から街道を四百歩行ったところまで、〈妖精の渓流〉に沿った八峡谷は半径四十歩が、そしてレゼの屋敷とコウノトリ牧場がその地域だった。

　マルクはほかにも特別な誓いに守られている場所を、順番に思い出そうとした。例えば万人の誓いのもとで、復讐の禁じられている場所がある。粉挽き小屋とその周囲半径四十歩の地域や滝とその周囲四百歩のところでは、例外なく復讐が禁じられていた。挽き臼の音や水の落ちる轟音のために、復讐者のすべき警告が聞こえないからだ。掟はあらゆる事態を考えている。だがそんなふうに誓いに守られた場所は、復讐を抑制しているのだろうか。それとも逆に増加させているのだろうか。マルク・ウカツィエラはよくそう自問したものだった。そうした場所では通行人は皆守られているのだから、死を遠ざけているようにも見えるが、逆に誓いの保護下にある街道や旅籠で殺された者には血の奪還が約束されているからこそ、新たな復讐が開かれるのだという気もする。彼の頭のなかで、すべてが曖昧模糊としていた。掟に関することは、おしなべてそんなふうだった。

復讐を歌った数多くのバラードについても、同じように考えてみたことがあった。バラードは高地のいたるところで歌われている。たくさんの吟遊詩人たちが地方をめぐり、村々を渡り歩いていた。どこの街道でも目にしたし、どこの旅籠でもその歌声が聞かれた。だが彼らの歌うバラードのせいで、死の数が増えているのか減っているのかは決めがたかった。その両方を同時にしているのだろう。今昔の出来事について口伝えに広がる噂話についても、同じことが言える。冬の夜、炉辺で語られた物語は旅人たちとともに広まり、そしてある晩、姿を変えて戻ってくる。あたかもかつての客人が、時の流れにすっかり様変わりをして、再びやって来たかのように。ときにそうした物語のいくつかが、唾棄すべき雑誌に載っているのを見つけることもあった。紙上で見ると、それはまるで棺に寝かされているかのようだった。というのもマルク・ウカツィエラにとっては、口承やラフタ〔棹の長い一弦の楽器〕の伴奏にのって語られるものも、活字にしてしまえば死骸にすぎなかったから。

ともあれ、好むと好まざるとに関わらず、それは彼の仕事に結びついていた。二週間ほど前、大公は仕事の不調を叱責するかのごとき口ぶりをした。実を言えば大公の言葉はやや曖昧なものだったが、おおよそ次のようなことを言っていた。血の管理官君、そろそろいまの仕事に嫌気がさしているのなら、代わってやりたがっている者は大勢いるのだからね。しかも有象無象とはわけが違う。大学出だ。

大公が何か威嚇的な口調で大学のことを口にしたのは、それが初めてだった。復讐に関する問題全般を、司祭の助けを借りて学んでおくようにと、大公は以前から折りにふれてマルクに忠告していたが、今回は有無を言わせぬ口調だった。いまそれを思い返しても、マルク・ウカツィエラはこめかみのあたりが締めつけられるような気がする。だったら香水の匂いをぷんぷんさせた学士様でも連れてきて、おれの代わりをさせたらいい、と彼は心のなかで毒づいた。大学出を血の管理官に雇ってみろ。そんな女々しい管理官など、三週間もすれば気が変になるだろうよ。そのときにはマルク・ウカツィエラのことを思い出すさ。

しばらくのあいだ彼は、思いつくがままにあれこれと想像をめぐらせたが、結論はいつも大公が後悔して、自分が勝利するところに落ち着いた。いずれにせよ、高地じゅうをひとまわりしてみんことにはな、と彼はひとときの酔い心地がひけたあとに思った。四年前にもしたように、現状および将来の見通しについて正確なデータを添えて、大公宛に報告書を準備してみてもいい。おそらく大公自身の事業もうまくいっていないのだろう。それでこのマルク・ウカツィエラが、叱られ役をしているのだ。だがそんなことはかまわない。大公は主人なのだし、家令は主人に文句を言える立場ではない。マルクの怒りはまったく静まっていた。突然の激昂で一時的に張り詰めていた気持ちもいまは緩んで、彼は再びはるか山の彼方に思いを馳せた。そうだ、ぜひとも旅をしてみねばならない。ましてや近ごろ気分がすぐれないことだし。環境が変われば、このところの心労も少しは軽くなり、不眠がおさまるかもしれない。それにしばらく大公の目を逃れるのも悪くないだろう。

旅の計画はゆっくりと、熱っぽくはないが確実に、彼の心を捉え始めた。再び頭のなかを、旅の道筋が広がっていく。ただ街道の様子は先ほどと違って、そこには自分の歩く靴や馬の蹄鉄が見えた。途中で泊まる家や旅籠にも、夜には馬がいななき、南京虫に喰われる自分がいる。

この旅には仕事がかかっている。あらかじめ頭に描いていたことを、道々確認してみなければならない。例えば死を挽く機械について、挽き臼や器具、無数の車輪や歯車のからくりを丹念に調べて、動きを妨げている原因、どこが錆びつき、どこが壊れているのかを調べるのだ。

ああ！　と彼は突然引きつるような胃の痛みにうめいた。おまえこそ、どこかにがたがきていないか調べたほうがいいぞ。そう自分に言いたい気持ちだったが、あまり思い詰めるのはやめにした。気分を変えれば、むかむかするような空漠感もおさまることだろう。そうとも、なるべく早く出発せねば。ここを離れて、すべてを細かく見てまわるのだ。特に掟の解釈者たちとはゆっくり話をして、意見を求める必要がある。避難の塔に入り、また司祭とも会って、陰で掟に異議を唱えている者がいないかたずね、名前を控えて大公に追放を願い出よう。マルク・ウカツィエラは意欲を盛り返した。そうだ、大公に何もかも伝え、こと細かに報告書を書きあげよう。マルクは図書室をすたすたと歩きまわり始めた。ときおり窓辺に足を止めては、新たな思いつきがあるとまた歩き始める。掟の解釈者たちのことが頭にあった。彼らについては、つねづね大公も一目置いていた。高地じゅうに二百人ほどもいるが、名の知れている者はほんの十人あまりである。もっとも評判の高い解釈者の、少なくとも半数には会ってみねばならない。彼らは掟の支柱であり、高地の頭脳なのだ。いまの状態についてきっと助言をしてくれることだろう。もしかしたら、対処の策も授けてくれるかもしれない。だがその程度でよしとしてはならない、と彼の心は呼びかけるのだった。死を支えているもとにまで降りてみるのだ。つまり殺人者たちのところまで。避難の塔に入り込み、そこに閉じ籠っている人ひとりひとりと話をしてみる必要がある。彼らこそは掟の大事な糧なのだから。この思いつきはとりわけマルクの気に入った。くだんの解釈者たちがどんな高論卓説を述べようとも、掟の定めによれば、死を最後に決めるのは復讐の裁きをくだす者たちなのである。

彼は額をこすって、二年前に細かく集めたデータを思い出そうとした。高地じゅうに百七十四の塔があり、約千人が籠っている。点々と建つ陰鬱な塔、その黒い銃眼や扉を頭に思い描いてみた。塔のイメージは、避難者たちが閉じ籠る原因のひとつである用水路のイメージ、誓いに守られた街道や旅籠、掟の解釈者や年代記作者、吟遊詩人のイメージと混ざり合った。それらが何百年も前から、休みなく動き続ける古い機械のネジやベルト、歯車なのだ。何百年も前から、と彼は繰り返した。夏も冬も、昼夜を問わず絶え間なく。だがあの三月十七日が訪れて、秩序を乱そうとしたではないか。それを思い出して、マルク・ウカツィエラはまたため息をついた。もしあの日、あやうく難を逃れなかったならば、死を挽く機械は、車輪も、重い挽き臼も、無数のぜんまいや歯車も、不吉な音をたてて軋み始め、上から下まで揺らぎ、ついにはばらばらに砕け散ったかもしれないのだ。

ああ、神よ、そんな日が決して来ませんように。彼はからっぽの胃のあたりに、また吐き気を感じた。吐き気に混ざって、昨日の晩餐のことや大公の不満が心に蘇ってきた。すると先はどの高揚感もたちまち消え去り、あとには奇妙な痛みが残った。何もかも悪魔に喰われてしまえ、と彼は思った。まったくおかしな痛みだ。どこにでもするりと入り込む、ぬめぬめとして柔らかな灰色の塊とでもいった感じだ。ああ！　もっとあからさまな痛みのほうが、どれだけましなことか。あんなぐにゃぐにゃとして逃れようもないものに、いったいどう対処したらいいのだ？　そのうえ、誰にも打ち明けられないこの痛みだけではまだ足りないかのように、責められどおしときている。三週間前から、痛みは徐々に頻繁になっていた。いままで一日のばしにしてきた疑いが、突然頭をもたげた。血が病んでいるのだろうか？

七年前にも、そんな疑念にとらわれたことがあった。何人もの医者に診てもらい、めぼしい薬もすべて試してみたが、結果は思わしくなかった。そんなある日、ジャコバの老人が彼に言った。薬を飲もうが、医者に見せようが無駄なこった。おまえさんの病気には、医者も薬も役には立たん。血の病に侵されているのだから。血だって？　とマルクは驚いた。でもわたしは人を殺したことなどありませんよ。すると老人は答えて言った。自分で殺していなくとも、おまえさん、そりゃ仕事のせいさ。血の病にかかったのはな。そして老人が言うには、代々血の管理官は大方が皆この病気にかかって、なかのひとりなどはついに治らなかったそうだ。だがマルクはオロシュのむこうにそびえる山にのぼって立ち直った。この病には、山の空気が何よりなのだ。

七年間は落ち着いていたものの、最近になってまた病気がぶり返してきた。何だってこんな仕事についてしまったのだろう？　誰と知れている者の血でさえ克服しがたいというのに、どこから湧き出てどこに消えたかも知れない血に、どう対処したらいいのか？　それはただの血ではない。何年も何世紀も前から、老若を問わず数世代にもわたって、高地じゅうに奔流のごとく溢れ出た血なのだ。

だがおれがかかっているのは、その病ではないのかもしれない。彼は心の奥底で、一縷の望みにすがりついた。きっとただの一時的な衰弱だろう。さもないと頭がおかしくなってしまう。扉の背後に足音が聞こえたような気がして、彼は耳をそばだてた。たしかに廊下からドアの軋む音がして、それから足音が聞こえた。

客人が目を覚ましたな、とマルクはひとりごちた。

第五章

ジョルグは三月二十五日にブレズフソット村に帰った。一日じゅう、ほとんど休みなく歩いた往路と違って、帰りは半分眠りながら来たので、あまり長くは感じられなかった。いきなり村はずれが見えてきて、びっくりしたくらいだ。なぜとも知らず、彼は歩みを緩めた。動悸が鎮まり、目は周囲の丘を探るように見ていた。このあいだは斑(まだら)に残っていた雪も、もう溶けてしまった、と彼は思った。だがざくろの木はあいかわらずそこにある。彼はほっとため息をついた。なぜか斑模様の雪のほうが、自分に辛くあたるような気がしていたから。

ちょうどこの場所だ……。そこにはジョルグがいないうちに、小さな墓(ムラーナ)が建てられていた。彼はすぐ前で足を止めた。ふと自分が墓に飛びかかって、石の山をあとかたもなく撒き散らしてしまいそうな気がした。頭ではそんな動作を想像しながらも、手は熱っぽく歩道の上に小石を探している。そしてようやく見つけた小石を、まるで手がはずれかけているみたいに、ぎこちなく墓に投げた。小石は鈍い音をたてて二、三度転がると、積まれた石の傍らで止まった。ジョルグはまた転がり出すのを恐れているかのように、小石からじっと目を離さなかった。しかし小石は、もうすっかりその場所に馴染んで見えた。ずっと以前から、そうして投げ置かれていたかと思われるほどに。それでもジョルグは動かなかった。

彼は凍りついた目で墓を見つめていた。ここにあるのは……あるのは……（あの男が生きた残滓、というつもりだった）。だが心の奥で彼は思った。ここにあるのは、おれ自身が生きた残滓だ。

あれほどの苦悶、眠れぬ夜、父との静かな葛藤、躊躇（ためらい）、黙想、苦悩が生み出したのは、このむき出しの無意味な石の山にすぎなかったのだ。彼は何とか立ち去ろうとするものの、どうしてもできなかった。まわりの世界がいっせいに溶け始め、すべてが消え去るなかで、ジョルグと墓だけがこの地上に残っている。でもどうしてなんだ？　こんなものが何になる？　地面に積まれた小石と同じく露（あらわ）に晒された疑惑の念に、体じゅうがひりひりとした。ああ、何て痛いんだ！　体がようやく動き出す。ここを離れて逃げ出そう。できるだけ遠くに。たとえ地獄まででも。こんなところにいるくらいなら、どこへ行こうとかまいはしない。

家族はジョルグを静かに、温かく迎えた。父親は道中のことなどを手短にたずね、母親はどんよりした目で、こそこそと彼のほうを見た。長いあいだ歩きどおしだったし、ずっと寝ていないのでとても疲れているからと言って、ジョルグは床についた。塔（クーラ）のなかでは、足音や囁き声がいつまでも続いて彼の眠りに爪を立て、なかなか熟睡できなかった。翌日は遅く目覚めた。ここはどこだろう？　彼は二、三度そう思ったものの、また眠り込んでしまった。ようやく起き出したときには、頭がスポンジでも詰め込まれたように重かった。何もする気がおこらず、ものを考えるのさえ億劫だった。

　こうして一日、二日、三日と過ぎていった。彼は何度か家のまわりをめぐっては、長いこと修理が必要なままになっている囲いの一部だとか、去年の冬に崩れた屋根の隅だとかを、物憂げな目で見つめていた。しかし仕事にかかろうという気にはなれなかった。修理をしても無駄に思えて、どうしようもない。

　三月が終わろうとしていた。ほどなく四月を迎える。前半は白く後半は黒い四月を。死の四月。死月。かりに死なくとも、避難の塔のなかで朽ち果てることだろう。闇に視力も衰えて、たとえ生きながらえようとも、しょせん二度とこの世を見ることもない。

　しばらく無気力が続いたあと、少し思考力が戻ってきた。まず考えたのは、死や失明を逃れる方法だった。道はただひとつ。彼はそれをじっくりと検討してみた。木を切りながら、各地を転々とするのだ。高地を離れた山人（やまびと）は、たいていそうしていた。斧を肩にしょって（柄は上着のなかに入れているが、黒光りする刃が襟首のうしろからのぞいていて、まるで魚のひれのようだ)、町から町を渡り歩きながら、「木を切らんかね!」と哀愁を帯びた呼び声をあげる。いやだ。それくらいなら、死月にとどまるほうがましだ(彼が勝手に思いついたこの言葉も、いまでは誰にでも通じ、皆が使っているような気がした)。あんな雨に濡れた町へと出かけ、真っ黒な埃に覆われた格子窓のそばで惨めに木を切るなんて(以前に一度、シュコーデルで、そんな窓の前で木を切っている男を見かけたことがあった)。いやだ。絶対にいやだ。死月のほうがまだましだ。

ある朝、三月が終わる二日前のこと、ジョルグが塔の石階段を降りてゆくと、父とばったり顔を合わせた。気まずい沈黙は避けたかったが、結局二人とも黙りこくってしまった。壁の背後から不意に人があらわれるように、沈黙を破って父が声を発した。

「それでジョルグ、何か話でもあるのか?」

彼は答えた。

「父さん、残された期間、あたりを旅してみたいのですが」

父親は何も言わずに、いつまでもジョルグの目を見つめていた。結局はどうでもいいことだ。ジョルグはぼんやりとした頭でそう思った。何もこんなことで、父とまた争う必要などなかったのだ。父とはいままでも、無言の争いが続いていた。二週間前でも、二週間後でも、大差はない。山なんて見なくともかまわないのだ。まったく、わざわざ口にしただけ無駄だった。いいえ、お父さん、けっこうです、とジョルグが言おうとしたときには、父親はもう階段をのぼっていた。

ほどなくして、父親は財布を手にして降りてきた。血の税を納めたときと比べると、ちっぽけな財布だった。彼はそれをジョルグに差し出した。

「さあジョルグ、気をつけて行け！」

ジョルグは財布をつかんだ。

「ありがとう、父さん」

父親はジョルグをじっと見据え、小さな声で言った。

「だが忘れるなよ。休戦は四月十七日までだからな」そしてもう一度念を押した。「いいか忘れるな、息子よ」

ジョルグはもう何日も歩きまわっていた。さまざまな道、街道沿いに並ぶ旅籠、見知らぬ顔。村に引き籠っていると、とりわけ冬場の高地（ラフシュ）は固まりついているように思えた。だが本当は違って、高地は動きに満ちていた。人々が絶えず辺境から中心へ、中心から辺境へと流れている。あちらからこちらへ、こちらからあちらへ、行く人来る人、のぼる人くだる人と、高地じゅうを人が行き交っている。だがたいていの旅の行程にはのぼりもあればくだりもあり、いく度ものぼり降りを繰り返すうちに、しまいには出発したときよりも上なのか下なのかもわからなくなってしまうのだった。

ときおりジョルグは、日々の流れについて思いを馳せた。時はまったく思いがけない歩みを見せる。ある時刻まではいつまでも終わらないかに思えた一日が、桃花から一瞬の震えとともに落ちる水滴のように、突然砕け、そして消えていく。四月に入っても、まだ春にはなりきっていなかった。アルプスの上に帯のように広がる空の青さが、ときおり苦しいまでに彼にのしかかった。もう四月か。どこの旅籠でも、居合わせた旅人どうし、そう口にした。そんなとき、父が休戦期限についてした忠告が思い出されるのだった。忠告そのものやその断片ではなく、むしろ最後の「息子よ」という言葉だけが。すると同時に、十七日のところですっぽりと断たれた四月が心に浮かぶ。誰もが自分の四月をまるごと持っているというのに、ジョルグの四月だけは途中で切り落とされている。だがそんなことを考えるのはもうやめて、彼は旅人たちの話に耳を澄ました。この連中ときたら、ずだ袋のなかにはパンや塩もないくせに、よもやま話にはまったくこと欠かない。

旅籠ではあらゆる時代、あらゆる人々の、あることないこと噂話に花が咲いていた。ジョルグは少し離れたところで、誰にもじゃまされずに耳を傾けていた。ときおり心に留まった話の断片を自分の人生にひき比べてみたり、逆に自分の人生の断片を人々の話にあてはめてみたりしたが、なかなかうまく結びつかないこともあった。

ふとした偶然の働きがなかったならば、ジョルグの旅はそんなふうにして最後まで続いていったことだろう。ある日〈新亭〉という名の旅籠で（旅籠の名は、たいてい〈新亭〉か〈古亭〉なのだが）、ジョルグは馬車の噂を耳にした……。内側が黒いビロード張りになった馬車……町で見かけるような凝った形の……。あの馬車のことだろうか？ そう思って、彼は全身を耳にした。そうだ、たしかにあの馬車だ。明るい目と栗色の髪をした、都会風の美しい女のことも話している。

ジョルグは身震いをして、なぜとも知れず周囲を眺めた。ただでさえ、煙と湿った羊毛のえがらっぽい臭いがたちこめた汚らしい旅籠の食堂だというのに、それでも足りないかのように、あの女の話をする口は、言葉といっしょに煙草と玉葱の悪臭を発している。ジョルグは四方を見渡した。ちょっと待った、ここはその名を口にすべき場所か、とでも言いたげに。だが話も笑い声も続いている。ジョルグは罠にはまったかのように、聞こうとすると同時に聞くまいとしていた。耳の奥がぶんぶんと鳴っている。と突然、旅に出たわけがはっきりと自覚された。自分自身にも隠しておきたくて、執拗に心の内から追い出し、抑え続けてきたそのわけは、だがしっかりと心の真ん中を占めていた。おれが旅立ったのは、山々を眺めるためではない。何よりもまず、あの女に再会するためだった。自分でもなぜかわからないままに、あのうねうねとした形の馬車を追い求めていた。馬車が絶え間なく高地を駆けめぐっているあいだ、彼は遠くからこうつぶやいていたのだ。「馬車よ、どうしてこんなところを、蝶のように飛びまわるのだ？」実のところ馬車の陰気な外観、扉についたブロンズの把手や入り組んだ線は、以前たった一度シュコーデルに旅したとき、大教会のなかで葬列と重厚なオルガンの音に包まれて見た棺を思わせた。そしてひらひらと飛びまわる棺の馬車から、栗色の髪をしたあの女の視線が、この世のものとは思えぬほどに甘く熱っぽく、ジョルグを吸いよせるのだった。女の目を見つめたことはいままでに何度もあったし、彼を見つめる女の目も数多くあった。情熱的な目、慎ましやかな目、悩ましい目、優しい、狡猾な、あるいは尊大な目。だがあんな目は初めてだった。あの女の目は、よそよそしいと同時に近しげで、わかりやすいとともに謎めいていて、冷やかであると同時に思いやりに満ちていた。彼女の視線は、欲望をかき立てると同時に胸を締めつけ、相手をどこか遠く、生の彼方、墓の彼方へ、自らを穏やかに見つめられる場所へと連れ去ってしまうのだった。

夜のあいだにも（暗い秋の夜空に散らばるわずかな星さながらに、眠りの断片がとぎれとぎれにそこを埋めようとする）、その視線だけは眠りが消し去ることなくいつまでも彼の心に残って、まるで世界じゅうの光を集めたかのような光を放っていた。

そうだ、あの目にもう一度出会うためにこそ、広大な高地に旅立ったのだ。ところがこの連中は、彼女のことをまるでありふれたものみたいに、うす汚れた旅籠のえがらっぽい煙のなかで、虫歯だらけの口でしゃべっている。ジョルグはいきなり立ちあがると、肩から銃をおろしてまわりの男たちに向けて撃った。一発、二発、三発、四発。全員を撃ち殺すと、さらに助けにやって来た者にも、旅籠の主人やたまたま居合わせた憲兵も撃って外に走り出る。さらに追っ手も殺し、追跡してくる村々も、旗じるしも、国じゅうの人々も皆殺しにして……。だがすべては彼の想像にすぎず、本当はただ立ちあがり、出ていっただけだった。風が額に冷たい。目を半ば閉じてしばらくそうしていると、なぜかはわからないが、何年も前のじめじめとした九月のある日、郡庁のトウモロコシ庫の前にできた長い人列で小耳に挟んだ言葉が、ふと頭に浮かんだ。「町の娘っこは、唇にキスをするそうじゃないか」

彷徨を続けるあいだ、ジョルグの注意は絶えずあちこちに散っていたので、道程は不連続で、ところどころ空白や欠落があるように思えた。街道や旅籠にいるとき、ふとそれが数時間前にあとにしたはずの街道や旅籠であるような気がして、ぎょっとすることもしばしばだった。こうして日に日に、刻々と、彼の心は現実から離れ、旅は夢のなかの彷徨にも似てくるのだった。いまではもう目あてがあの馬車であることを、自分にも他人にも隠そうとはしない。そしていく度となくこうたずねてまわるのだった。「凝った形の馬車を見かけませんでしたか……どう言ったらいいのか……いろいろ飾りがあって……」「何だって？ もっと詳しく説明してもらわんと。どんな馬車なんだ？」と相手がたずね返す。「つまり、普通の馬車じゃないんです……黒いビロード張りで……青銅の飾りがついて……棺桶みたいな……」するとこんな答えが返ってくる。

「おまえさん、戯言を並べて、気はたしかかね？」

ジョルグの説明に似た馬車を見かけたという者もひとりいたが、それは隣の地方から悪天候のなかをなぜか旅に出た司教の馬車だとわかった。

相手がうらぶれた旅籠に泊まってようが、虫歯だらけだろうがかまわない。あの女のことを話してくれさえすれば、とジョルグは思った。
二、三度馬車の足取りを捕らえたと思ったのもつかの間、すぐにそれは失われてしまった。死が近づいているだけにいっそう、彼女に会いたい気持ちがつのった。歩きまわるほどに、どうしても会いたくてたまらなくなるのだった。
ある日、ラバに乗っているらしい男を見かけた。それはオロシュの塔にいた血の管理官だった。いったいどこへ行くのだろうか。しばらく歩いてから、本当に血の管理官なのか確かめようとふり返ってみた。すると相手もふり向いてこちらを見ている。それにしてもあの男は、いったいどうしたんだろう？　とジョルグは思った。

あるとき聞いた話では、ジョルグの説明にぴったり合う馬車を見たものの、なかはからっぽだったという。また何日かして、今度は馬車の特徴から乗っていた美しい女の様子まで、きわめて正確に話してくれる者がいたが、窓ガラスに映った女の髪は、見る人によって栗色だったりハシバミ色だったりした。

少なくとも、彼女はまだこの高地にいる、と彼は思った。少なくとも、まだ下界に降りてはいない。

その間にも、四月はあわただしく過ぎていった。一日、一日が休む間もなく続き、ただでさえジョルグには短いこの月は、たちまち縮こまり、燃え尽きようとしていた。

どちらへ向かえばいいのかもわからなかった。ときには間違った道を行って無駄に時間を使い、ときにはいつの間にか前に通った場所に戻ってしまうこともあった。正しい方向を進んでいないのではという思いが、絶えず彼の心を苛んだ。しまいには、どうせ誤ったほうにしか向かわないのだという気さえしてきた。そうやって終わるのだ。虚ろな心をしたこの哀れな巡礼者に残された一握の日々、切り落とされた四月の日々が。

第六章

ヴォルプシ夫妻の旅は続いた。ベシアンは妻の横顔を見つめている。少しやつれて、こころなしか蒼ざめているが、それがかえって好ましく思えた。数日前にも感じたことだ。疲れているのだな、と彼は思った。もっとも、妻はそう口に出して言おうとはしなかった。「ああ疲れたわ」という何げない言葉をディアナがいつ言うかと、ここ数日間というもの彼は心待ちにしていた。病を癒す薬のように、その言葉が待ち遠しくてたまらないのに、彼女は決して口にしようとはしない。蒼ざめた顔で、ほとんどしゃべることもなく、ただ街道を見つめているだけだ。彼女の眼差しが示すものは、怒りにせよ屈辱にせよ、ベシアンにはいつでも理解できたのに、いまではそれがどうにも捉えきれない。せめてその目が不満でも、あるいは冷やかさなりとも示してくれたなら！　だがあるのは何か別のものだった。眼差しの輪郭だけが残って、中心はからっぽになってしまったかのようだ。

並んですわりながら、二人はぽつぽつとわずかな言葉を交わすだけだった。ときおりベシアンは少しでも活気を取り戻そうと試みるのだが、妻に足もとを見られるような気がして、つい手控えてしまう。何よりも困るのは、彼女に怒りをぶつけてしまえないことだ。いままで女たちとつき合った経験から言って、ときには怒りや口論が、重苦しい湿気を一掃する嵐のように、出口の見えない膠着状態をいっきに打開するものだ。だがくっきりと見開かれた彼女の目には、他人（ひと）の怒りをも撥ねつける何かがあって、それはどこか孕み女の目を思わせた。あっ、と彼は心のなかで大声をあげた。子どもができたのだろうか？　無意識のうちに、頭ですばやく計算してみた結果、すぐにそんな期待も潰えた。ベシアンは外に漏れないようそっとため息をおし殺して、景色を見つめ続けた。日が暮れようとしている。

　しばらくはそんな気分が続いた。思考をめぐらそうとすると、同じところに戻ってしまう。せめてディアナがはっきり言ってくれればいい。こんな旅は嫌だ、がっかりだと。ハネムーンを高地で過ごそうなんて、まったくばかげている。今日にでも出かけ直したほうがいいと。ディアナがそうした願いを口にしやすいように、早めに発とうかとそれとなく持ちかけてみても、彼女はまるでのってくる様子もなく、ただこう言うだけだった。「お好きなようになさって。でも私のことなら心配いらないわ」

　この旅を中断して帰ろうという考えは、たしかに絶えずベシアンにつきまとっていたのだが、まだどこか修復が可能なのではないかと、淡い期待を持っていた。もし修復が可能だとすれば、高地にいるあいだだという気さえした。いったん下界に降りてしまえば、もはや何もかも取り返しがつかなくなってしまうだろう。

すでに日はとっぷりと暮れ、もうディアナの顔もはっきりとは見分けられない。ベシアンは二、三度窓に身をかがめたが、いまはどこにいるのかもわかりかねた。ほどなくして月が道を照らすと、彼は窓に顔を近づけて、長いあいだそうしていた。冷たい窓ガラスの振動が、額をとおして全身に伝わってくる。月あかりに照らし出された道は、まるでガラスでできているみたいだった。左側に小さな教会の影が走り去り、そして水車小屋が姿をあらわす。こんなひと気のないところでは、トウモロコシの粉を挽くというより、雪でも砕くために建てられたかのように思える。ベシアンの手が、座席の上に妻の手を探した。

「ディアナ」と彼は優しく言った。「外を見てごらん。きっとここは誓い(ベーサ)に守られた街道だよ」

ディアナも窓ガラスに顔を近づけた。ベシアンは声をひそめたまま、言葉を惜しむような不自然な話し方で、誓いに守られた街道がいかなるものかを説明した。月あかりがこの務めを助けてくれる気がした。

言葉が出つくしてしまうと、彼はディアナの首筋に顔を近づけて、おずおずと抱きよせた。月の光が、何度も彼女の膝を優しく撫でる。ディアナは身を硬くしたまま、ベシアンに近づこうとも、離れようともしない。好みの香水に鼻をくすぐられ思わずうめき声が出かけるのを、彼はかろうじて抑えた。ディアナの内に何かが起こるのではという一縷の望みを、彼はまだ抱いていた。微かにすすり泣く声でもいい。さもなければ、せめてため息なりとも期待していたのだが、彼女は奇妙な態度を崩そうとはしなかった。黙っているのに何か言いたげで、星空の広がる野原のように荒涼としている。「ああ、いったいおれはどうなるのだ?」とベシアンは思うのだった。

空は半ば雲に覆われていた。でこぼこ道を馬は軽やかに駆けていく。そこは十字架街道。ベシアンは窓ガラスのうしろから、すでに見慣れた景色をまだじっと眺めていた。ただ前とは違って、あちこち青い水たまりが景色を覆っている。雪が溶けて、地面に触れたあたりから水になり始めているのだが、空洞になった上は固い殻のようになかなか溶けないままだった。

「今日は何日かしら?」とディアナがたずねる。

ベシアンは少しびっくりして、一瞬彼女を見つめてから答えた。

「十一日」

ディアナが何か言いかけるそぶりをする。話すんだ、とベシアンは思った。話してくれ。最後の期待が、熱い蒸気のように彼の胸に吹き込んだ。何でもいいから言ってくれ、話してくれ!

ディアナの唇がまた動くのを、彼は目の端で追った。声に出さなかった言葉を、別の言葉で言い直そうとしてるのだろう。

「大公のところへ行った日に見かけた山人(やまびと)のことを、あなたおぼえていて?」

「もちろんおぼえているさ」彼は答えた。

やけにするりと口から出たが、いったい何が「もちろん」なんだ？　ふと彼は、なぜか自分が哀れに思えた。どうしてもこの会話を続けたい、という気持ちのせいかもしれない。もしかしたら、そのときはまだ自分でもよくわからなかった、別の理由もあったのだろう。

「あの男に認められた休戦は、四月半ばで切れるのだったわね？」

「ああ、そのころだった。たしか四月半ばに」

「どうしてそんなことを思い出したのかしら」ディアナは窓ガラスから目を離さずに言った。

「何でもないことなのに」

「何でもない」とベシアンは繰り返した。その言葉が、毒を含んだ指輪のように危険なものに思えた。どこか彼の心の奥底で、怒りが形を結ぼうとしていた。それでは、すべて何でもなくしたことなのか？　何でもなく、ただこのおれを苦しめるために？　どうなんだ？　だがこみあげてきた怒りはすぐに消えた。

この数日間、彼女は二度、三度とふり返っては、途中で馬車が追い越した若い山人を見つめていた。旅籠で会ったあの若者かと思って確かめていたのだろうが、ベシアンはさして気にも留めなかった。彼女があの男のことを口にしたいまでもなお、ベシアンの気持ちは変わらなかった。

馬車がいきなり止まって、彼のもの思いをさえぎった。

「どうしたのだろう?」彼は誰にともなく言った。

降りていった御者が、ほどなくして窓ガラスのむこうにあらわれた。手をあげて道を指さしている。そのときになってようやく、道端にしゃがみ込んでいる老婆がベシアンの目に入った。老婆は彼らのほうを見て、何かぶつぶつとつぶやいている。ベシアンは扉を開けた。

「道路脇に老婆が見えたものですから。動けないのだそうです」御者が説明する。

ベシアンは下に降りて、足の痺れをとろうと二、三歩あるいてから、老婆に進みよった。老婆はときどき小さく呻き声をあげながら、片方の膝を手で押している。

「どうしました、おばあさん?」とベシアンがたずねる。

「ああ、このいまいましい痙攣ときたら」と老婆が答える。「わたしゃ朝からここを一歩も動けなんで」

老婆はこのあたりで山の女たちが皆着ているような、刺繍のはいった服を着て、スカーフからは灰色の髪がひと房はみ出していた。

「どなたか通りかかって手を貸してくれんかと、今朝からずっと待っていたのです」

「家はどこだね?」と御者がたずねる。

「あっちの村さ」と老婆は曖昧に前を指さした。「遠くはない。本街道沿いに、少し行ったあたりですわい」

「送ってあげよう」とベシアンが言った。

「ありかたいことです」

ベシアンは御者と二人で老婆の腕を抱え持って、そろそろと馬車に連れていった。ディアナはその様子を、窓ガラス越しに目で追っていた。

「こんにちは、お嬢さん」馬車に乗ると老婆は言った。

「こんにちは、おばあさん」ディアナは体を引いて場所をあけた。

「やれやれ」馬車が動きだすと、老婆は言った。「朝からずっと道端にひとりぼっちでいたというのに、どこにも、人っこひとり見えやしない。あそこでおだぶつかと思ったわ」

「まったく、この道はひと気がないですね。村は大きいのでしょう?」とベシアンがたずねる。

「ええ、大きいですとも」そう言って老婆は顔を曇らせた。「大きいことは大きいのですが、それでも……」

ベシアンの目は、老婆の暗い表情を注視していた。一瞬老婆の顔に、村人全員に対する敵意があらわれたような気がした。誰ひとりそこを通りかかって助けてくれる者はおらず、皆彼女のことを忘れてしまったのだから。だが老婆の顔に影を落としている思いは、一時の恨みとは違う、もっと根の深いものだった。

「はい、村はとても大きいのですが、男たちは大半が籠りっきりでしてな。そんなわけで、わたしゃひとり道端に見捨てられて、危うくあそこで死ぬところでしたわい」

「籠りっきりというのは、血に関わることで？」

「ああ、血に関わっておりますとも。こんなことは前代未聞です。そりゃもちろん、村人どうしでの殺し合いはめずらしくないが、今回みたいなのは初めてです」

老婆は深いため息をついた。

「村に住む二百家族のうち、復讐に巻き込まれていないのは、たった二十だけでな」

「まさか、そんな？」

「ご自分の目で確かめなされ。村はペストに襲われたみたいに悄然としておるわ」

ベシアンは窓ガラスに顔を近づけたが、村はまだ見えない。

「二か月前には」と老婆は続けた。「この手で甥を埋葬しました。天使のようにかわいい子だったのに」

老婆は甥がどんなふうに殺されたのかを語りだしたが、話しているうちに言葉の配列が奇妙な変化をきたし始めた。配列だけでなく間の取りかたも、まるで独特の悲痛な雰囲気に包まれたかのように変わってきた。熟しきる前の果実さながらに、老婆の言葉づかいは徐々にいつもとは様相を異にし、嘆きの歌に変わろうとしていた。きっとこんなふうにして歌は生まれるのだ、とベシアンは思った。

彼の目は老婆に釘づけだった。歌が生まれようとするのに伴って、老婆の顔にもそれにふさわしい変化があらわれた。悲嘆にくれた両目に涙はなく、それがかえっていっそう泣き顔らしく見えた。

ひと気のない街道に車輪の響きを残しながら、馬車は村に入っていった。両側に建った石造りの塔（クーラ）は、陽光を受けていっそう静まりかえって感じられる。

「こちらの塔はシュクレリ家の、あちらはクラスニチュ家のもので、取り戻すべき両家の血が互いに錯綜するあまりに、どちらが復讐をする番なのか誰にもわからなくなって、両家の者たちは皆こうして塔に籠っているのです。あちらにある四階建ての塔はヴィスドレチュ家のもの、復讐相手のブンガ家は塔の壁半分が黒い石造りになっているのだが、ここからはようわからん。ほら、あそこにはカラカイ家とドダナイ家の塔が見える。両家は互いに復讐を繰り返し、この春にもそれぞれ二つの棺を出したところだ。むこうに二つ並んで向き合っている塔は、ウカス家、クリエゼザ家のものだが、お互い銃弾のとどく距離にあるため、両家は男たちのみならず女や娘たちまでが塔に籠ったまま、撃ち合いをする始末でな」

老婆がこう話し続けるあいだにも、二人は右の窓へ、左の窓へと身を乗り出しては、話に出てくる奇妙に血塗られた村の様子を、その目で捉えようとするのだった。どの塔を見ても、静まりかえったなかに人が暮らしている気配はまったく感じられない。太陽の淡い光が石積みの塔を斜めに照らして、かえってその悲壮感を強めている。

二人は村の中央あたりに老婆を降ろして、家まで送っていった。それから馬車は、まるで呪いをかけられたかのような石の王国を抜けて進んでゆく。これらの壁、狭い銃眼の背後で人々が息をひそめているのだ、とベシアンは思った。熱き血潮を胸にたぎらせた若い娘や若妻たちもいる。彼はこの厳めしい外観の下に、ぴんと張り詰めた生命の鼓動が、ベートーベンの交響楽さながら力強く壁を打つのが感じられるような気がした。だが外では、壁も銃眼の列も、そこにそそがれる柔らかな陽光も、何ひとつ伝えてはくれない。突然彼は心のなかで叫び声をあげた。何だってこんなものにかかずらっているんだ？　妻の頑なな態度のことを考えるべきじゃないか。怒りが急にふつふつと沸きあがってくるのを感じて、彼はいきなりディアナをふり返った。こんな耐えきれない沈黙を払拭して、彼女に話しかけよう。黙りこくった態度の謎を、つつみ隠さず説明させるのだ。

彼がそうしようと思ったのは、これが初めてではなかった。すでに何十回となく、言うべき言葉をあれこれ心の内で繰り返していた。ディアナ、どうしたんだい？　悩みを打ち明けておくれ、と優しく話しかけてもいいし、厳しく言い放つつもりなら、どうしても語気は荒くなる。いったいぜんたいどうしたっていうんだ、何をむくれている、それなら勝手にしろ。こんな際にはやはり厳しく言わなくては、と彼は思った。そしていま急に怒りがこみあげてきて、思わず最初のひと言が口をついて出そうになった。手頃なひと言を口火にあとはいっきにまくしたて、口論をふっかけてやろう。だがいつものように、彼は妻にむかってそんな言葉を発しはしなかったのみならず、過ちを償い責任を取ろうとする者のように、自らにむかってその言葉を浴びせるのだった。顔は妻のほうを向いたまま、彼女にではなく、心の内で自分に言ってみる。おれはいったいぜんたいどうしたんだ！

いったいおれはどうしたんだ！　いつものように彼は答えを避けた。いずれ、そのうちきっと、自ずと機会がやって来るだろう。なぜ説明を避けているのか、いままで自分でもわかっていなかった。だがもうその理由がわかったような気がする。つまり、答えを知るのが怖いのだ。それはある冬の晩、ティラナの友人宅で開いた降霊会で、しばらく前に死んだ友人の声が聞こえそうになったときの恐怖に似ていた。なぜだかはわからないがディアナの説明が、そんなふうに、まるで煙のヴェールの背後から聞こえてくるかのように思えてならないのだ。

馬車が不吉な村をあとにしてから、もうずいぶんになる。妻のことで説明を遅らせてきた理由は恐怖にほかならなかった、とベシアンは自分に繰り返していた。彼女の説明が怖い、怖いのだ。でも、どうして？

彼の罪悪感は、旅を続けるあいだにも強まるいっぽうだった。本当はもっと前から感じていたことだ。こうして旅に出たのも、罪悪感から逃れようと思えばこそなのに、でもまったく逆の結果になってしまった。いまではディアナの説明がその罪悪感に触れるのではないかと思うと、恐ろしくて震えがくる。やめてくれ。こんな苦しみの続く限り、彼女が黙っていてくれたほうがいい。ミイラのように黙っていたほうが。心を乱すようなことを、彼女の口から聞きたくない。道はところどころでこぼこになっていて、馬車はそのたびに激しくゆれた。雪が溶けた水たまりの脇を走っているとき、ディアナがたずねた。

「どこで昼食にするの?」

ベシアンはびっくりしてふり向いた。何の変哲もないその言葉が、彼には焼けつくような印象を与えた。

「どこでもかまわない。いい考えでもあるかい?」

「いえ、いいの」とディアナは言った。

ベシアンは体ごと彼女のほうに向き直ろうとしかけたが、傍らに壊れやすいガラス製品でもあるような奇妙な不安感から、動くことができなかった。

「何だったら、旅籠に泊まってもいいな」彼はふり向かずに言った。「どうだい?」

「あなたの好きなようになさって」

彼は胸のなかが、かっと熱くなるのを感じた。すべてはこんなふうに単純なことではなかったのか? それがつい事を複雑にしてしまう癖のせいで、ただの旅の疲れ、ありふれた頭痛か何かにすぎないものに、悲劇の始まりを見ていただけではないのだろうか?
「旅籠へ行こう」と彼は繰り返した。「ともかく最初に目についたところに」
ディアナはこっくりとうなずいた。

きっとそのほうがいいだろう。そう思って、彼は心をはずませた。いままでは未知の人たちの家で夜を過ごしてきた。友だちの友だちというか、より正確には、もとをたどればたったひとりの友人から連なる鎖の輪のなかで。結局初めから知り合いだったのは、旅の第一夜を過ごした家だけだった。そして毎晩、多かれ少なかれ同じ筋書きが繰り返される。歓迎の言葉、応接間で炉を囲んでの会話、天気、家畜、政治の話題。夕食になればそれなりに言葉を選んで話し、コーヒーを飲み、翌朝には昔ながらに村はずれまで送りとどけてもらう。若妻が退屈するのも無理はない。

「旅籠だ!」と彼は心のなかで叫んだ。街道沿いのありふれた旅籠でいい。救いはそこにある。どうしてもっと早く思いつかなかったのだろう? 何てばかだったんだ。ベシアンはうきうきしながらそう思った。たとえ汚くて、家畜の臭いが漂っていようとも、旅籠へ行けば二人の仲ももとに戻るだろう。もちろん快適な設備など望むべくもないが、みじめさのなかにだって行きずりの客の幸福は、十倍も明るく輝いている。

一軒の旅籠が、思いのほか早く二人の行く手にあらわれた。旅籠は十字架街道と旗じるし街道が交わる荒れ果てた土地の真ん中に建っていて、近くには村はもとより人の住む気配さえまったくなかった。

「食事はできるかね?」戸口を入るなりベシアンはたずねた。

巨体に半分閉じたような目をした旅籠の主人が、もぞもぞした声で答える。

「冷たいインゲンならね」

だがディアナと、旅行鞄を手にした御者を見て、主人は少し活気づいた。さらに馬車から馬のいななきが聞こえると態度を豹変させ、両目をこすってしわがれ声で言った。

「これはこれは、いらっしゃいませ! 目玉焼きとチーズをお出ししましょう。ラキ酒もございます」

二人は樫でできた長テーブルの端に腰かけた。たいていの旅籠ではそうなのだが、テーブルが客間の大部分を占めている。部屋の隅では山人が二人、地べたにすわりこんで、もの珍しそうに彼らを見ていた。子どもを寝かせたゆりかごに頭をもたれて眠っている若い女もいる。女の近くには、色とりどりのかばんを重ねた上に、ラフタがひとつのせてあった。

主人が食事を運んでくるのを待ちながら、二人はそっと周囲を見まわした。

「ほかの旅籠はもっと賑やかだったわ」しばらくしてディアナがいった。「ここはとても静かね」

「そのほうがいいだろう?」ベシアンは腕時計を見た。「それにこの時間だから……」彼は気もそぞろに、テーブルの上を指でとんとんと叩き続けている。

「でも見たところ、そんなに悪くはなさそうじゃないか?」

「そうね、特に外からみると」

「屋根が尖っていて、きみ好みだ」

ディアナはうなずいた。疲れていても、顔の表情は前よりやわらいでいる。

「今晩はここに泊まろうか?」

そう言いながら、ベシアンは密かなる胸の高まりを感じた。いったいどうしたのだろう?まだ結婚する前、ディアナが初めて家にやって来たときでさえ、彼女が妻となっているいまほど心打たれはしなかった。狂おしいほどだ、と彼は思った。

「あなたのお好きなようにして」とディアナが答える。

「何だって?」

ディアナはびっくりした様子でベシアンを見つめた。

「今晩ここに泊まりたいかたずねたのじゃなくて?」

「そうしたいのかい?」

「もちろんだわ」

すばらしい、と彼は思った。この数日間自分を苦しめた最愛の女の顔に、キスをしたい気持ちだった。いままで感じたこともない熱いほとばしりが、彼の全身を満たした。何日も離れ離れの夜を過ごしたあとに、この荒涼とした街道にぽつんと建つ山の旅籠で、ようやく床を共にするのだ。結果的には幸運な成り行きだった。いままでのことがなければ、こんな感覚は味わえなかったのだから。それはいつでも、誰でもが感じられるわけではない。まるで愛する女と初めての抱擁を、再び体験したような感じだ。ここ数日間、ディアナはとても遠くにあったので、何だか結婚前に知っていた彼女を再び見る思いがした。むしろこの二度目の体験のほうがもっと甘美で、心を惑わせるもののように感じられる。苦あれば楽ありとはよく言ったものだ。

ベシアンの背後で何かが動いた。と次の瞬間、月並みな世界から抜け出てきたかのように、目の前に何やら丸いものがあらわれ、いたずらに鼻をくすぐる匂いがした。目玉焼きの皿だった。

彼は顔をあげた。

「いい部屋はあるかね？」

「ええ、だんな」と旅籠の主人は自信たっぷりに答えた。「それも暖炉のついた部屋が」

「本当かね？　そいつはいい」

「本当ですとも」と主人は続ける。「これほどの部屋は、ここいらどこの旅籠を探したってありませんよ」

まったくついていた、とベシアンは思った。

「お食事がすみしだいご案内いたしましょう」と主人は言った。

「そうしてもらおうか」

彼は食欲がなかった。ディアナも玉子には口をつけず、白チーズをとったが、それも固すぎて皿に残したままになった。次にヨーグルトと、最後にまた玉子を今度は半熟で注文した。ベシアンも同じものを注文したが、まったく手をつけなかった。

昼食をすませると、二人はさっそく二階にあがって部屋を見た。主人によれば、あたりの旅籠が皆羨んでいるというその部屋は、むしろずいぶんと簡素だった。北向きに窓が二つ。どちらにも木の鎧戸がついていて、ダブルベッドには羊毛の厚い毛布が掛かっている。たしかに暖炉があって、火床には灰もはいっている。

「よさそうな部屋じゃないか」そう言ってベシアンは、問いかけるようにちらりと妻を見やった。

「暖炉を焚いてもいいのかしら」とディアナが旅籠の主人にたずねる。

「もちろんですとも、奥様。お望みでしたらすぐにでも」

ディアナの目に、久しくなかった喜びの光が射したような気がした。

主人は出ていくと、すぐに薪をひと抱え持って戻ってきた。火をつけようとする手つきのぎこちないところを見ると、めったにしていないらしい。二人は暖炉の火を見るのはまるで生まれて初めてであるかのように見つめていた。ようやく火が燃え出すと、ベシアンは妻の傍らにひとりいて、押し殺したような胸の高鳴りを再び感じた。二度、三度と彼の視線は、乳白色の毛布が掛かったダブルベッドの上をよぎった。ディアナは夫に背を向けたまま火の前に立っている。おずおずと、まるで見知らぬ女に近づくように、ベシアンは彼女のほうに二歩進みより肩に手をまわした。首筋や唇の近くにキスをしても、ディアナは腕組みをしたまま身を硬くしている。ディアナの頬に炎が赤く照り返すのを、ときおり彼は横目で眺めた。愛撫がさらに執拗になると、彼女はようやくそっとつぶやいた。

「いまはだめ」

「どうして?」

「寒すぎるわ……それに私、お風呂に入らなくては」

「そうだね」と言って彼はディアナの髪に接吻をした。そして黙って身を離し部屋を出ていった。階段をおりる軽快な足音が、ベシアンの上機嫌を物語っている。しばらくして彼は、水を入れた大きなバケツを手に戻ってきた。

「ありがとう」とディアナは微笑みながら言った。

酔い痴れたようにバケツを火に掛けると、彼は何かじっと考え込む様子で身をかがめ、マントルピースのなかをのぞき込んでいた。手で火の粉を払いながら、二、三度繰り返しそうして、どうやら目当てのものを見つけたらしく、大声をあげた。

「あったぞ」

ディアナもかがみ込んでみると、煤けた自在鉤の先端が火の上にぶらさがっているのが見えた。田舎の暖炉はたいていそんなふうになっているのだ。ベシアンはバケツを持ちあげると、片手を暖炉の壁について、もう一方の手でバケツを鎖の穴にひっかけようとした。

「気をつけて。火傷（やけど）をするわ」ディアナは言った。

だがバケツはもううまく掛かっていて、ベシアンは少し赤くなった手に、嬉しそうに息を吹きかけている。

「火傷したの？」

「ああ、でも平気さ」

誰かが階段をのぼってくる。御者がスーツケースを運んできたのだ。その様子をぼんやりと眺めながらベシアンは思った。薪や鞄やバッグを手にして階段をのぼり降りする者たちは、ひとえにわが幸福を準備しているのだ。彼は何だかじっとしていられなくなった。

「部屋が暖まってお湯が沸くまで、下でコーヒーでも飲んでいようか」と彼は誘った。

「コーヒー？　それもいいけれど、あたりをひとまわりしてみましょうよ。私、まだ馬車に酔っているみたいだわ」

しばらくして、二人は足の下でみしみし軋む階段を降りていき、少し散歩をしたいから火を見ていてほしいと主人にたのんだ。

「近くにどこか景色のいいところはないかね？　見に行くのにいいような」

「近くにきれいなところですって？」主人は首を横にふった。「いいえ、ここいらは荒地みたいなもので」

「ああ、そうか」

「ええ、ただ……ちょっとお待ちを。馬車をお持ちでしたね？　それなら話は別だ。もし馬が疲れていないようでしたら、三十分かせいぜい四十五分で〈上白水〉へ行って、山の湖が見られますよ」

「〈上白水〉が馬車でたった三十分だって？」とベシアンはびっくりしてたずね返した。

「ええ、だんな。三十分か、せいぜい四十五分。よそからのお客さんには、またとない機会ですよ」

「どう思う？」とベシアンは妻をふり返って言った。「たしかに馬車に乗り続けで疲れているけれど、あそこはひと目見る価値がある。特に有名な湖はね」

「地理の時間に習ったことがあるわ」

「すばらしいところだよ。それに見にいっているあいだに部屋も暖まるし……」彼は言葉を切って、思わせぶりな視線を投げかけた。

「いいわ、それじゃあ行きましょう」

主人は御者を呼びに出ていき、しばらくして御者がやって来た。また馬を繋がねばならないのは不満そうだったが、少しも文句は言わなかった。ベシアンは馬車に乗ると、火を見ていてくれるよう再度主人にたのんだ。だがいざ出発しようというときになって、ふと心配になった。苦労の末に手に入れた旅籠の部屋を、こんなにもあっさりと見捨てていいものだろうか？　でも楽しい散歩のあとには、ディアナの気分だってすっかりよくなっているだろうからと、すぐに安心した。

午後の柔らかな日差しが荒地にそそいでいる。どこから来るのか赤紫の色合いが、大気を暖かに染めていた。

「日が長くなってきたな」そう言ってからベシアンは思った。何とまあ気の利いたせりふじゃないか！　天気はまだいいとか……日がずいぶん長くなったとか……。

こんなことは格別話題もないときに、会話の空白を埋めるために言う言葉だ。こんな話題を持ち出すなんて、お互い見知らぬ仲になってしまったのだろうか？　ああ、もうたくさんだ。彼は後悔をふり払うかのように、心のなかでそう叫んだ。もうすんだことだ。

三十分ほど行くと、たしかに〈上白水〉が見えてきた。彼方に苔むしたような塔がいくつも建っている。まだ溶けやらずところどころ残る雪が、むき出しになった土の断片をいっそう黒々と見せていた。

馬車は村に沿って湖へと向かった。二人が地面に足を降ろそうとしたとき、教会の鐘の音が聞こえた。まずディアナが立ち止まって、どちらの方向から聞こえるのかを見定めようとふり返った。だが鐘楼の姿はない。ただ黒い土の染みと斑模様の雪が交互に寂しく続いて、視界いっぱいに広がっているだけだった。二人は湖のひとつに近づいた。

「湖はいくつあるのかしら？」とディアナがたずねる。

「たしか六つだ」

二人は、落ち葉がいく重にも重なってできた茶色の絨毯の上を並んで歩いた。落ち葉はところどころ朽ち果てて、贅沢の病に冒されているかのようだった。ベシアンは妻が何か言おうとしているのを感じた。彼女は不安げな様子だったが、さくさくと落ち葉を踏みしめる音が、その不安を和らげているように思えた。

「むこうにもうひとつ湖があるわ」樅の木のあいだに岸辺を見つけて、急にディアナが言った。そしてベシアンがそちらをふり向くと、こう続けた。「ベシアン、あなたはきっとこの山々を、何かもっとすばらしいものとして描くのでしょうね」

彼は背中をひと突きされたかのようにふり返った。「何だって？」と声をあげそうになったが、すんでのところで叫びを飲み込んだ。そんなほのめかしは繰り返し聞かないほうがいい。白熱した蹄鉄を額に押しつけられたような感じがしていた。

「旅行から帰ったら」とディアナは静かに言葉を続けた。「言うまでもなく……何かもっと、もっともらしいことを……」

「ああ、そう、もちろん」とベシアンが答えた。

焼けた蹄鉄は、まだ額に押しつけられたままだ。謎の一端が解けた……。彼女の沈黙の謎が……。もっとも謎はそれだけではないのだが……。新たな愛の夜が始まる前に、二人が和解を結ぶのと引きかえに、ディアナがこの言葉を口にするだろうと、彼は半ば確信していたのだった……。

「きみの気持ちはわかるよ、ディアナ」と彼は妙に疲れた声で言った。「むろん、たやすいことではないけれど。でも気持ちはわかる……」

ディアナはその言葉をさえぎって言った。

「本当にすばらしい景色。来てよかったわ」

ベシアンはぼんやりと歩き続けた。二つめの湖に着くと、今度は来た道を引き返す。帰り道、彼は落ち着きを取り戻し始めた。旅籠で二人を待っている、暖かい暖炉の部屋のことが思われてならなかった。

馬車のところまで来たが乗らずにそのまま村へ向かい、馬車はあとからついていった。途中、水を入れた小樽を頭に担いだ二人の女にまず出会った。女たちは歩みを緩めて、彼らのほうをしばらく眺めていた。荘厳な景色とは対照的に、近くから見る塔はことさらに陰気な感じだった。村の通りや教会前の小広場は人でいっぱいだった。白くてぶ厚いぴったりとした毛織りのズボンの脇についた黒い飾り紐は、放電をあらわすしるしに奇妙なほど似ていた。彼らの足取りには、興奮の色がありありと見て取れる。

「何事かあったらしいな」とベシアンは言った。

何だろうと二人はしばらく人々を見ていたが、事件はどうやら穏やかで厳かなものらしい。

「あれは避難の塔じゃなくて？」

「見たところそうだな」

ディアナはひとつだけ離れて建っているその塔をもっとよく見ようと、歩みを緩めた。

「私たちが会った山人、ほら今日も話題にしたあの山人の休戦がここ数日のうちに終わったとしたら、きっとこんな塔に逃げ込んだことでしょうね？」と彼女はたずねた。

「ああ、きっとね」ベシアンは群衆から目を離さずに答えた。

「殺人者は休戦が終わったとき、まだ村から遠くを歩いている途中だったら、どこでもいいから避難の塔に逃げ込むの？」

「そうだろうな。日が暮れてしまってから、最初に目についた旅籠にあわてて駆け込む旅人のように」

「だったら、この塔に逃げ込んでいるかもしれないのね？」

ベシアンは微笑んだ。

「かもしれない。まあ、そうは思えないけれど。塔はたくさんあるし、あの男に会ったのはずいぶん遠くだったから」

ディアナはもう一度、塔をふり返った。彼はその眼差しの奥底、目の隅に、うっすらと羨望のようなものが見て取れたような気がした。と、そのとき、群衆のなかから手招きをする者がいるのに気づいた。チェックの上着と見知った顔がいくつか見える。

「あそこに誰がいるか見てごらん」とベシアンはうなずきながら言った。

「あら、アリ・ビナク」ディアナは喜びとも困惑ともつかない小声で言った。

広場の真ん中で彼らは合流した。測量士は、今日も度を越してきこしめしているようだ。医者は淡い目の色のみならず、顔の赤く薄い皮膚からも悲しみを漂わせている。アリ・ビナクはと言えば、いつもの冷やかさの陰に、わずかに陰鬱な倦怠が見てとれた。一行のうしろを、山人が数人ついて来る。

「まだ高地の旅をお続けでしたか?」アリ・ビナクがよく響く声でたずねた。

「ええ、あと何日かはこのあたりにいるつもりです」

「日が長くなってきましたね」

「もう四月も半ばですから。ところで皆さんはここで何をなさっているのですか?」

「われわれですか?」と測量士が答える。「例によって村から村、旗じるしから旗じるしへ歩きまわっています……。血に染まった一行の肖像よ……」

「何ですって?」

「いえ、ただイメージを喚起しようとしただけで……つまり……絵に見立てて……」

アリ・ビナクは測量士に冷たい視線を送った。

「ここで審議すべき事件でも?」ベシアンがアリ・ビナクにたずねる。

アリ・ビナクはうなずいた。

「しかもその事件ときたら!」とまた測量士が口を挟み、顔でアリ・ビナクを示して言った。

「今日彼がくだした裁定は伝説となるでしょうよ」

「誇張してはいかん」とアリ・ビナク。

「少しも誇張なんか」と測量士は続けた。「それにこちらは作家ですから、あなたが裁いた事件のことを是非とも話してお聞かせしなくては」

アリ・ビナクとその助手たちが村へ呼ばれた事件について、測量士をはじめ何人もの人が口々に語り始めた。お互いに他人(ひと)の言葉をさえぎったり、補足したり、修正したりしながら。事件というのはこうだった。

一週間前、ひとりの娘が身ごもったために家族の手によって殺された。娘の家族は誘惑した相手の若者に対しても手をこまねいているはずがない。いっぽう若者の家では、生まれなかったその子どもが男の子だったことを知った。そこで彼らは先手を打って、自分たちのほうが娘の一家に辱めを受けた立場にあると申し立てた。若者は殺された娘とまだ結婚してはいなかったが、男の子は若者のものであり、だから取り戻すべき血があるのは自分たちで、こちらが娘の家族をひとり殺す番だ、というのが若者側の言い分だった。こうして彼らは、息子に待ち受けている罰に対しては非を認めながらも相手側に手出しをさせず、思いのままに平和を長びかせていた。もちろん娘の家では、そんな見方には断固異議を唱えた。事件は村の長老会議の俎上にのせられたが、解決はきわめて難しいと判断された。娘の両親は、ただでさえわが身の不幸に気も動転しているというのに、娘に死をもたらした張本人である若者の家に血の借りがあると思ったら、激昂するのも当然だった。彼らは別の解決策をはかるよう主張した。だが事態を難しくしているのは、掟(カヌン)の条項に、たとえ受胎したばかりでも男児は男親の家に属し、その血は一人前の男の血と同様に取り戻されるとある点だった。長老会議ではこの問題を裁くにあたわずとして、掟の専門家たるアリ・ビナクに助けを求めたのだった。

事件は一時間ほど前に審議を終えた（ちょうど湖のほとりを散歩していたころだ、とベシアンは思った）。掟が扱う事件のつねとして、決定はただちに言い渡された。若者側の家の代表者がアリ・ビナクに言った。「どうしてわが家の小麦粉（つまり胎児のこと）が撒き散らされてしまったのか、お聞かせ願いたい」するとアリ・ビナクは即座に答えた。「あなたがたの小麦粉は、他人の袋のなかで（つまりまだ結婚していない他人の娘の胎内で）いったい何を捜していたのですか？」こうしてどちらの言い分も取りあげられず、両家とも血の奪還はなしとされた。

アリ・ビナクは青白い顔をぴくりともさせず、ひとことも口を挟むことなく、人々がこの判定についてかまびすしく語るのを平然と聞いていた。

「言うにおよばずですが、見事なものです」測量士は、酔いと感嘆で潤んだような目をして締めくくった。

彼らは村の広場をぶらぶらと歩き始めた。

「結局、落ち着いて考えてみれば、とても単純なことなのです」と医者が、ベシアンとディアナの脇で言った。「今度の場合でもいっけん大仰な事件ですが、根本は貸借関係の問題なのです」

医者は話し続けていたが、ベシアンは別のことが気にかかって、ほとんど注意して聞いていなかった。こんな会話はディアナに悪い影響をもたらしはしないだろうか？　この二日間、こうした話題はむしろ控えて、ようやく彼女の顔に明るさが戻り始めた矢先なのに。

「ところであなたは、どうして高地へ来ることに？」とベシアンは話を変えるつもりでたずねた。「あなたは医者なのでしょう？」

相手は苦笑いをした。

「以前はね。でもいまは医者とは言えません」

彼の目のなかには、深い苦悩が読み取れた。いっけん水で洗い流したかのように色の薄い目だが、ほかのどんな目にもまして、内なる苦しみが浮かび出ている、とベシアンは思った。

「私はオーストリアで外科を学びました」と相手は続けた。「君主制が外国に派遣した最初で最後の留学生グループの一員でした。帰国したのちに、そうした留学生たちの大半がどうなったか、おそらく聞いたことがおありでしょう。つまり私もそのひとりなのです。まったく絶望的でした。病院はだめ、医者の仕事ができる見込みなんてまるでありません。しばらくは失業していましたよ。それから偶然ティラナのカフェでこの男と知り合って――と彼は測量士を顔で示した――奇妙な仕事を紹介されたのです」

「血に染まった一行の肖像よ」近よってきた測量士が、会話のあとを受けて言った。「血のあるところ、われらあり」

医者はその言葉を聞き流した。

「でもあなたがアリ・ビナクの仕事に必要なのは、医者だからこそでしょう?」とベシアンがたずねる。

「もちろんです。さもなければ、私なんか連れていきはしません」

ベシアンは一瞬驚いて、相手を見つめた。

「驚くにはあたりません」と医者は続けた。「掟による裁定ではおもに血に関すること、特に負傷が問題になっているときなど、医学の心得のある人間がどうしても必要になるのです。もちろん外科医としての腕なんか求められやしませんが……。私の置かれている立場がまったくもって皮肉なのは、どんなのろまな看護師にだって勤まる仕事をしているという点なのです。人体解剖学についての初歩的な知識さえあればいいのですから」

「初歩的知識? それで足りるのですか?」

医者はまた苦々しげに笑った。

「困ったものです。私がここで怪我人に包帯を巻いたり、治療をしたりしていると思っておられるのでしょう?」

「ええ、もちろん。いまのお話をうかがって、あなたが外科医の仕事は諦めたのはわかりました。でも怪我人の手当てぐらいはしているのでは?」

「していませんね」と医者は言った「そのぶん楽ですが、手当てなんてまったくしやしない。わかりますか、まったくですよ。山の連中はいつも自分たちで傷の手当てをしてきました。いまでもそうしています。ラキ酒や煙草を使って、きわめて野蛮なやり方でね。例えば銃弾を取り出すのに、別の銃弾を使うのです。だから医者になんか決して頼みません。私の役目はまったく別なのです。おわかりですか？　私がここにいるのは医者としてではなく、法律家の助手としてなのです。奇妙だとは思いませんか？」

「いや、それほどでも」とベシアンは言った。「掟のことなら私も少しは知っていますから、あなたの仕事がどういうものかも想像はつきます」

「傷の列挙と分類、それだけです」と医者は乾いた口調で言った。

ベシアンは初めて相手が苛立っているように思った。ディアナをふり返ってみたが、目は合わせられなかった。こんな会話が彼女によい結果を生むはずがない。やれやれだ。できるだけ早く切りあげて、ともかくここを立ち去らねば。

「御存知のことと思いますが、掟によれば傷を負わされた場合、補償金が支払われます。支払いは傷ひとつひとつにつき別個に行なわれますが、その金額は傷のある部位によって決まるのです。例えば頭の傷に見込まれる補償金は、胴体の傷より二倍ほど高くなります。さらに胴体の傷についても、腰より上か下かで二種類に分かれます。ほかにもまだ区別があるのですが、私の助手としての仕事は、ただ傷の数と位置を決定するだけなのです」

そう言って医者はまずベシアンを、次にディアナをじっと見据えた。自分の話の手応えを確かめようとするかのように。

「裁定に際しては、おそらく傷害のほうが殺人よりも問題が多いのです」と彼は続けた。「御存知でしょうが掟の定めるところでは、傷に補償金が支払われない場合、血の半分に相当すると見なされます。つまり一家族の二人を傷つけたり、ひとりの人を二度傷つけたりしたならば、二つの傷についてそれぞれ別々に補償金を支払わなければ、まるまるひとり分の血、つまりひとりの命を支払うことになるのです」

医者は二人が話の内容をよく飲み込めるように言葉を切って、それからまた続けた。

「そうなると、とてもややこしい問題が生ずるのです。おもに経済的な問題が。びっくりなさっているようですね？　傷二つ分の補償金が払えなくて、人命でもって返済しようとする家もあるのです。破産覚悟で、負わせた傷は二十だろうと返済して、ひとたび傷が治ったら敵を殺す権利を確保しようとする家もある。おかしな話だとは思いませんか？　でもこんなのは序の口です。私の知っている黒渓谷の男などは、敵から受けた傷の補償金で何年間も家族を養っているのですから。何度も死を逃れ、訓練を重ねたおかげで、どんな銃弾でも致命傷は避ける自信を得たのです。こんな新手の商売を始めたのは、世界じゅうでも彼が最初でしょう。怪我で生きていく仕事なんてね」

「何と恐ろしい！」とベシアンはつぶやいた。ディアナをふり返ると、前よりもいっそう蒼ざめているようだった。こんな会話はできるだけ早く終わらせよう、と彼は思った。旅籠の部屋も、暖炉も、自在鉤に吊るした鍋一杯のお湯も、いまやすべて遠いものに思えた。もう行こう。さっさとここを立ち去るんだ！

人々は広場を三々五々散っていき、ディアナとベシアンは医者と三人きりになった。

「おそらく御存知でしょうが」と医者は続けた——ベシアンは相手をさえぎってこう言いかけた。私は何も知らないし、知りたくもないと——「掟によれば二人の男が近くから撃ち合って、いっぽうが死に、もういっぽうは怪我を負っただけならば、怪我をした側は差額というか、余分の血を支払うのです。言葉を換えればですね、初めにも言ったようにこうした半神話的なうわべの下には、経済的要因を追求すべきなのです。シニカルだと非難されるかもしれませんが、現代では血もすべてのものと同様に商品と化してしまったのです」

「いや、そんなことはない」とベシアンは言い返した。「それはいささか単純すぎる見方ですよ。もちろん経済から説明される現象は多々ありますが、あまり極端に走るのは考えものです。ちなみに、復讐に関する記事を書いて王から発禁処分を受けたのは、あなたなんじゃないですか？」

「いいえ」と医者はそっけなく言った「資料の提供はしましたが、書いたのは私ではありません」

「たしかあの記事のなかにも、血は商品と化したという一節があったように思いますね」

「それは紛れもない事実ですから」

「マルクスはお読みで？」

相手はそれに答えず、「そういうあなたは読んだのですか」とでも言いたげな様子で、ただベシアンをじっと見つめただけだった。

ベシアンはそっとディアナの横顔に目をやり、医者に反論すべきだと感じた。

「思うに、殺人を今日的に解釈するあなたの説明は、いささか短絡的すぎますね」ベシアンはどう反駁したものかと考えながら言った。

「そんなことはありません。何度でも繰り返しますが、今日的といわれる悲劇のなかで問題なのはただひとつ、負債の精算なのです」

「そう、たしかに負債だが、それは死の負債だ」

「血だろうが、宝石だろうが、布だろうが、違いはありません。私にとって負債は負債、それだけです」

「血はほかのこととは違う」

「まったく同じことです」

医者は声を荒げた。薄い皮膚が燃えるように赤くなっている。ベシアンは侮辱されたような気がした。

「そういう見方は、シニカルとは言わないまでも浅薄すぎますな」

医者の目が氷のように冷たくなった。

「浅薄なのはあなたのほうです」と医者は言い返した。「浅薄で、おまけにシニカルだ。あなたも、あなたのお書きなるものも」

「大きな声を出さないでください」とベシアンは言った。

「出しますよ、いくらだって」と医者は言ったものの、声は小さくなっていた。だが唇からひゅうひゅうと漏れる息のせいで、声はいっそう威嚇的になった。「あなたの書くもの、あなたの本には、すべて罪の匂いがします。不幸な山人たちに何かしてあげようというのではなく、あなたは死の傍らに立ってわくわくするようなモチーフを探している。ここで御自分の芸術を肥やすための美を求めておられるのだ。あなたには、それが人を殺す美なのだということがわからない。あなたがきっとお嫌いな若い作家の言葉ですがね。あなたを見ていると、ロシアの貴族たちが宮殿に設えた劇場を思い出す。舞台は何百人ものの役者があがれるくらいに広いのに、客席のほうは皇族がすわるのにちょうどしかない。そんな貴族を思い出します。あなたは国民すべてが血塗られた芝居を演じるようにと駆りたてる。ところが自分は御婦人方といっしょに高見の見物だ」

そのときベシアンはディアナの姿が見えないのに気づいた。測量士につきまとわれて、どこかに行っているのだろうと、少しぼんやりした頭で思った。

「それなら、あなたは」とベシアンは言い返した。「あなた個人のことです。医者であり、事態を正しく捉えているとおっしゃるあなたは、どうしてそんなまやかしに加担しているのですか？どうしてそこから禄を食んでいるのです？」

「私についてはおっしゃるとおりです。私はあわれな落伍者にすぎない。だが少なくとも自分の何たるかはわかっているし、本を書いて世の中を毒してもいない」

ベシアンはまだディアナを目で探していたが、どこにもいない。見方によれば、彼女がこんな病んだ話題を聞かなかったのはよかった。医者はまだ話し続けている。ベシアンはその話を聞こうと努めたが、口を開いてみると医者に話しかけるのではなく、まるでひとり言のようにこんな言葉が出てきた。

「妻はどこなんだ？」

彼は教会広場をまだゆっくりと行き来している群衆のなかを目で追った。

「ディアナ！」彼はあてもなく呼んでみた。

何人かがこちらをふり向く。

「たぶん、もの珍しさから教会にでも入ったのでしょう。あるいはどこかの家に用足しに」と医者は言った。

「そうかもしれないが」

彼らは歩き続けたが、ベシアンはまだ気にかかっていた。旅籠を離れるべきではなかった、と彼は思った。

「すみませんでした」と医者はやわらいだ口調で言った。「言いすぎたようです」

「かまいません。でも妻はいったいどこへ行ったのだろう？」

「御心配いりません。きっとそのあたりにいますよ。御気分でも悪いのですか？　ずいぶんと顔が青いようですが」

「いや、いや、何でもありません」

ベシアンは医者の手が腕をつかむのを感じた。ふりほどきたいと思ったが、すぐにそんなことも忘れてしまった。アリ・ビナクや測量士がいる先頭の一団のまわりを、子どもたちが走りまわっている。ベシアンの口に、苦いものがこみあげてきた。湖だろうか、と一瞬彼は思った。人目を欺く輝きに覆われた、古びて朽ち果てた落ち葉の絨毯……。

ベシアンは、アリ・ビナクの一団に大またで近づいていった。もしかして、溺れたとか？　彼は早くもそう自問した。だが彼らの顔はこわばったままで、その表情はいっそうベシアンの不安をつのらせた。

「どうしたんです?」彼は急いた声でたずねた。おそらく彼らの顔つきからだろう、「ディアナに何があったんですか?」とは言わず、無意識のうちにこう問いかけていた。「ディアナが何をしたんです?」

冷たくつぐんだ口から、ようやく答えが返ってきた。ベシアンがそれを理解するためには、二度、三度と繰り返さねばならなかった。ディアナは避難の塔へ入ってしまったのだと。

いったい何があったのか? そのときにも、あとから考えても、判然としなかった。人々は目撃したことを語り始めたものの(それは現実でありながらに非日常的で、おぼろげな出来事、それゆえ伝説のなかにこそふさわしいような出来事だと誰もが直観した)、よそ者が一度も足を踏み入れたことのない塔のなかに、首都から来た若い女がいったいどうやって入り込んだのか、そのときにも、あとになっても、正確に言える者は誰もいなかった。彼女が塔に入ったという事実よりもさらに不可解なのは、誰ひとりそれに気づかなかったこと、あるいは彼女が一団から離れてあたりをふらふら歩いているのに気づきながら、数人の子どもたちを除いて誰ひとり、注意して目で追おうとしなかったことだった。彼女自身どうやって塔まで行き、なかに入ってしまったのかたずねられたとしても、事情を説明できただろうか? 彼女が高地に残していったわずかな言葉から判断するに、そのときすべてがどうでもよくなり、体が浮かびあがるような気がした。そして、塔に入ろうと思うのも、実際に扉まで行くことすら恐ろしくなくなったのだという。しかもたまたま周囲の状況も災いして、彼女は運命に導かれるがまま、誰にも気づかれずに歩いていってしまった。たしかにいま思い出してみると、彼女は人々のなかから抜け出し、灯火に群がる蛾さながら塔へと吸いよせられ、木の葉が風に舞うように、ふわふわと塔のなかに入ったというか、むしろその入口にふわりと落ちていったのだった……。

ベシアンは土色の顔で、ようやく事の次第を悟った。妻を連れ出そうと反射的に飛び出したものの、数人の手が彼の両腕をぐっと押さえつけた。

「離してくれ！」と彼はしゃがれた叫び声をあげた。

いくつもの顔が、がっしりとした石壁のように、ベシアンの顔をとり囲んでいる。そのなかにアリ・ビナクの蒼ざめた顔が目についた。

「離してくれ！」ベシアンは、自分の腕を押さえているのではないアリ・ビナクに向かって言った。

「落ちつきなさい」と相手は言った。「あそこへは行けません。誰も入ることはできないのです。司祭を除いては」

「でも妻がなかにいるんだ」とベシアンは叫んだ。「男たちのなかに、たったひとりで……」

「お気持ちはわかります。何か対処が必要ですが、あなたが御自分で行くことはできません。

撃たれるかもしれないのですよ。おわかりでしょう？　殺されかねないのです」

「それじゃあ、司祭でも誰でも呼んで、なかに入ってくれ」

「司祭には知らせました」とアリ・ビナクは言った。

「ほら、司祭様が着いたぞ！」といく人もの声がする。

周囲に人だかりができていた。御者が目をまんまるにしてこちらを見ながら、指示を待っているのに気づいたが、ベシアンは目をそむけた。

「道をあけて！」とアリ・ビナクが命令口調で言ったが、何人かが数歩退いただけですぐに止まってしまった。

司祭は息を切らせて近づいてきた。目の下が大きく弛んでぶよぶよとした顔は、脅えきっている様子だった。

「どのくらい前からなかにいるのかね？」司祭がたずねた。

アリ・ビナクが問いかけるようにして周囲を見まわすと、何人かの声が同時に答えた。三十分だと言う者、一時間だと言う者、あるいは十五分だと言う者もいる。そして大方の人々は肩をすくめていた。

「そんなことはどうでもよろしい」とアリ・ビナクは言った。「必要なのは行動です」

アリ・ビナクと司祭はひそひそと言葉を交わした。アリ・ビナクが「それでは私もいっしょに行きましょう」と言うのを耳にして、ベシアンは少し気力をとり戻した。「司祭がアリ・ビナクと行くぞ」という声が、群衆のなかから聞こえる。

司祭がアリ・ビナクを従えて歩き始めた。数歩行ってからふり返り、群衆に向かって言った。

「誰も近づいてはいけない！　撃たれるかもしれないぞ」

ベシアンはまだ腕をつかまれているのに気づいた。おれはどうしたんだ？　と彼は心のなかでうめき声をあげた。まわりの世界がすべてからっぽになって、あとには歩いていく司祭とアリ・ビナク二人の人影と、その先にある避難の塔しか残っていなかった。

周囲からいくつもの声が、まるで別世界から吹いてくる風の遠鳴のように、ベシアンのもとに届いてきた。「司祭を撃つわけにはいくまい。掟によって守られているのだから。でもアリ・ビナクのほうは、きっと躊躇なく撃ち殺すぞ」「いやアリ・ビナクのことも撃ちはしないだろう。皆に顔を知られているから」

二人の男が半分ほど行ったところで、突然ディアナが塔の戸口に姿をあらわした。いったい何がどうしたのか、ベシアンはそのときのことをまったく覚えていない。ただ記憶にあるのは、両腕をがっちり締めつけられながら彼女のもとに行こうともがいていると、声が聞こえたことだけだった。彼女がもう少し離れるまで待つんだ。白い石のところに来るまで。それから医者の姿がまたちらりと見え、再び身をふりほどこうともがき、口々になだめる同じ声がする。

ようやくディアナが白い石まで達すると、ベシアンを押さえていた手がゆるんだ。「まだ手を離すな。奥さんを殺しかねないぞ」と叫ぶ声がする。ディアナは顔面蒼白だった。そこには恐怖も、苦しみも、恥辱も読み取れない。ただ、とりわけその目は、ぞっとするほど虚ろだった。服は乱れていないか、唇や首のあたりに青痣はないか、ベシアンは心配そうに見まわしたが、そんな様子はまったくなかった。彼はため息をついた。ディアナの目があんなに虚ろでなければ、心からほっとできるのに。

ベシアンは手荒ではないが無造作に妻の腕を取ると、先に立って馬車まで連れていった。二人は順番に、誰にも挨拶ひとつせずに乗り込んだ。

馬車は本街道を勢いよく走っていた。もうどのくらい、二人はこんなふうに旅していることだろう？　一分、あるいは一世紀？　ベシアンはようやく妻に顔を向けた。

「どうして話してくれないんだ？　何があったのか、なぜ説明してくれないんだ？」

ディアナはシートにうずくまったまま、虚(うつ)けたようにじっと前を見つめている。ベシアンは荒々しく妻の肘をつかんだ。

「話してくれ。あのなかで何をした？」

ディアナは答えず、万力のような力で締めつけられている腕を引こうともしない。

どうしてあんなところへ行ったんだ？　と彼は心のなかで叫んだ。悲劇の恐ろしさを、その目でつぶさに見ようとしたのか？　おれに対する嫌がらせか？　あるいはあの山人を捜すためにか？　あのジョルグ……ジョルグとかいう……。これからおれは塔から塔へと、おまえを捜してまわることになるのか……。どうなんだ？

こうした疑問を、彼はもう一度大声に出して言った。言葉は違っても、同じ順番で。だが答えはひとつも返ってこなかった。彼女の行為の奥底には、こうした動機すべてが混在しているのだ、とベシアンは確信した。にわかに彼は、生まれてこのかた一度も感じたことのないような疲労感に襲われた。

外では日が暮れかかっている。黄昏に霧も加わって、道を急速に包んでいった。突然窓ガラスの背後に、ラバに乗った男の見えたような気がした。ベシアンにも見覚えのあるその蒼ざめた顔の旅人は、しばらく馬車のあとをついてきた。こんな闇のなかを、血の管理官はいったいどこへ行くのだろう？　ベシアンはすぐに自分にも同じ問いかけをした。この見知らぬ高地にただひとり、亡霊たちの彷徨う黄昏のなかを、どこへ……？

半時間後、馬車は旅籠の前に止まった。二人が木の階段をのぼって部屋に入ると、火はまだ燃えていた。バケツも、なかの水は主人が入れ直したのだろうが、煤で真っ黒になりながらまだそこに掛かっている。石油ランプの光がゆらゆらとゆれていた。二人とも火やバケツには見向きもしない。ディアナは服を脱いで仰向けになり、腕を目に当ててランプの光をさえぎった。ベシアンは窓辺に立って窓ガラスをじっと見つめたまま、ときおりふり向いては、妻の美しい腕が絹の下着を片方はだけて、顔の上半分を覆っているのを眺めた。塔に潜む半ば盲目のポリュペモス〔ギリシャ神話に登場する単眼の巨人――訳注〕どもは、彼女にいったい何をしたのだろう？　だがそれは、人生すべてを満たす問いのように思えた。

二人はその晩も、翌日もずっと、部屋から一歩も出なかった。主人が食事を運ぶのだが、驚いたことに暖炉に火を入れてくれとも言われない。

翌々日の朝（それは四月十七日だった）御者がスーツケースを馬車に運び、二人は支払いをすますと、そそくさと礼を言って出発した。

彼らは高地をあとにした。

第七章

四月十七日の朝、ジョルグはブレズフソット村へ向かう本街道にいた。明け方から休みなく歩き続けていたけれど、ブレズフソットまで行き着くには、少なくともまだまる一日かかる計算だった。だが彼が誓い(ベーサ)に守られているのは、今日の正午までである。

ジョルグは顔をあげて太陽を捜した。上空は雲に覆われていたものの、太陽の位置はわかった。もうすぐ正午か。そう思って彼は道に視線を戻した。まだ目が眩んでいて、道はところどころ赤っぽく照り返しているように見える。歩きながら彼は考えた。誓いの期限が晩まであれば、急いで歩いて夜中には家に着けるのだが。しかしたいていの休戦同様、期限は正午までだった。誓いに守られた者がちょうど期限切れの日に殺された場合、頭の影がどちらを向いているかが調べられる。影が東を向いていれば午後、つまり休戦が切れたのちに殺されたことになる。逆に西向きならば期限前に、つまり卑怯なやり方で殺されたことになる。

ジョルグはもう一度顔をあげた。今日いち日、空と太陽の動きを見ながら過ごさねばならない。

先ほどと同じくまだ眩んでいる目をさげると、道は光に包まれた。彼はふり向いて、一点の陰りもなく、一面に溢れる光を眺めた。この三週間、高地の街道という街道を空しく追い求めていた黒い馬車は、彼が自由に暮らせるこの最後の朝にも、きっとあらわれはしないだろう。いく度となく目の前に馬車が見えたように思ったものの、そのたびに馬車は煙のように消え失せてしまった。影街道、シャラの屋敷、旗じるし本街道でも馬車は目撃されていたのに、ジョルグがいくら努力しても、どうしても会えないのだ。馬車がいると教えられた場所へ行ってみると、いましがた出発したばかりだったり、馬車が通りそうな十字路で待ち伏せようと取って返すと、思いもかけない方角へ行って待ちぼうけをくわされるのだった。

ときには馬車のことを忘れているのだが、道を歩いているとすぐにまた思い出してしまう。だが馬車に出会えるという期待はほとんど失せてしまった。たとえ馬車が永遠に高地を走りまわっていたとしても、ジョルグ本人が遠からず避難の塔に籠ることになるのだから、もう出会える可能性はなくなるのだ。それにたとえ奇跡でも起きていつか出てこられたとしても、視力は弱まり、もはや馬車は、雲のなかにぼんやりと映る、潰れたバラの花束にも似た太陽の影のようにしか見えなくなっているだろう。

ジョルグは馬車への思いをふり払って、家族のことを考え始めた。今日は皆正午まで気を揉みながら、彼を待っているに違いない。でも時間どおりには着けないだろう。昼を過ぎたら道を続けるのはやめにして、隠れて夜を待たねばいけなくなる。もういまでは血に染まった男なのだから、夜のあいだにしか移動できないし、表街道を行くこともできない。そうした用心深さを、掟（カヌン）は怖じ気のあらわれとは考えず、むしろ知恵と勇気だと見なした。というのも自分の命が守られるだけでなく、あまり大っぴらに歩きまわれば、殺した相手の家族の気持ちを逆撫ですることにもなるのだから。殺人者は義務を果たした満足感とともに、世間に対する罪悪感をも持たねばならないのだ。ともかく正午になったらすぐに隠れ場所を見つけて、日暮れまでそこに身をひそめていなければならない。ここ数日というもの、途中泊まった旅籠で、クリュエチュチェ家の者らしい人影がちらりと見えたような気のすることが一度ならずあった。もしかしたら幻影かもしれない。だが本当に何者かがあとをつけて、誓いが切れ次第、ジョルグが身を守る必要性をまだ自覚しないうちに殺そうとしているのかもしれない。

ともかく注意するに越したことはない。そう思いながらこれで三度目、彼は空を見あげた。と、そのとき、遠くで物音が聞こえたような気がした。何の音だろうかと立ち止まってみたがわからなかった。歩き始めるとまた音がする。押し殺した唸り声のようなその物音は、激しくなったり遠のいたりを繰り返した。きっと滝の音だ、と彼は思った。たしかに滝だった。近よってみて、彼はすっかり見とれてしまった。こんなに素晴らしい滝は初めてだった。いままで見たどんな滝とも違っている。泡もほとばしりもなく、重く垂れた髪の毛のように、深緑色の岩に沿って一直線に流れ落ちている。それは首都から来たあの女の髪をジョルグに思わせた。陽光に輝く滝は、あの女の髪と見まがうばかりであった。

彼はまだ小さな木の橋の上にいた。下には岩から落ちた水が流れていく。だがここまで来ると水は混濁して、重々しさを失っていた。ジョルグの目は滝に釘づけになった。一週間前に泊まった旅籠で聞いた話では、こんな滝から電気の光を作り出している国があるという。その話を二人の客にしていた若い山人（やまびと）も、他人（ひと）からの又聞きの又聞きだった。聞いていた客たちは繰り返しこう言っていた。「水から光を作るだって？　おまえさん、気がどうかしているな！　水は石油じゃないんだ。光なんか作れやせん！　水は火を消しちまうんだから、どうやって火をつけるっていうんだ！」それでも山人は、たしかに自分はそう聞いたので、何も作り話はしていないと言い張っていた。水で光が作れるのだが、どんな水でもいいというわけじゃない。人間と同じく、水にも色々あるのだから。崇高な滝の水でしか光は作れないのだ。「おまえさんにそんなことを話したやつらはまったくいかれてるが、それを信じたおまえさんはもっといかれとる」と客たちは言った。山人はそれでもめげずにこう主張した。水から光を作ることが本当に可能で、もし高地でも行なわれたならば（その言葉も受け売りの受け売りなのだが）、掟も多少は緩和され、灌漑が汚れた土地から塩分を除くように、高地（ラフシュ）に染みついた死も少しは洗い流されることだろう。「まったくどうかしているな」と客たちは繰り返したが、ジョルグはなぜかその見知らぬ男の言葉を信じたのだった。

後ろ髪を引かれる思いで彼は滝に背を向けた。道はどこまでも一直線に伸びていて、その果ては微かに緋色を帯びていた。

いま一度、空を見あげてみる。あとわずかで誓いが切れ、掟の時から抜け出ることになる。時から抜け出る、とジョルグは繰り返した。人が時から出られるものだなんて奇妙な感じがする。あとわずかで、と空を見あげながら繰り返す。雲のうしろにある潰れたバラは、いまではわずかに陰っていた。仕方ないな！　とでも言いたげにジョルグは苦笑いをした。


そのころベシアンとディアナの乗った馬車は、高地ではもっとも長い旗じるし本街道を走っていた。半ば白く雪を被った山の峰々が、徐々に遠ざかっていく。ベシアンはそれを見つめながら、ようやく死の王国を離れるのだと思った。右目でときおり妻の横顔を盗み見る。青白く厳しい顔つきは、馬車がゆれるとやわらぐどころかいっそう際立って、ベシアンをぞっとさせた。まるで見知らぬ女、狂女、魂の脱け殻のようだった。

彼女をこの呪われた高地に連れてこようなんて、まったくばかな思いつきだった！　とベシアンはもう百回も毒づいていた。たった一度高地を訪れただけなのに、妻は連れ去られてしまった。この恐ろしいからくりに軽く触れただけで、彼女は奪われ、虜にされ、いわば山の精と化したのだ。

　車輪の軋む音は、彼の疑惑、憶測、後悔にふさわしい伴奏曲だった。彼は自らの幸福に試練を課した。自分がそれに値するのか知ろうとするかのように。そして初めての春を迎える早々、はかない幸福を地獄の入口へと連れて来てしまった。だが幸福は試練に耐えきれなかった。

　ときおり心が少し落ちつくと、彼はこう思うのだった。自分に対するディアナの愛情が、浮気心やほかの男によって、ほんの少しだってゆらぐはずがない。そんなことがもしあったとしたら（「そんなことがあった」なんて、口にするのも辛い言葉だ！）、それはほかの男のせいではなく、何か恐ろしく巨大なものが入り込んできた結果なのだ。漠然とした何か、数世紀にわたる何百万人もの悲劇につながり、それゆえにこそ取り返しのつかない何か。黒い蒸気機関車にぶつかり、ひしゃげた蝶のように、彼女は高地の悲劇に打ちのめされてしまったのだ。

　ときには、自分でも恐ろしくなるほどに落ち着いてこう思った。おそらく自分は高地に代価を支払わねばならなかったのだろう。自分の作品や、そのなかに描いた妖精や山の精に対する代価、血塗られた民が総出で演じるドラマを見物した、小さな桟敷席のための代価を。

　だが罰はどこにいても、ティラナにおいてさえ、この身に降りかかってきただろう。そう思って彼は自分を慰めた。高地の力ははるか彼方まで、国じゅうに、あらゆる時代に波及するものなのだから。

ベシアンはコートの袖をまくって腕時計を見た。正午だった。

ジョルグは顔をあげて、雲に浮かぶ太陽の染みを目で追った。ちょうど正午だな、と彼は思った。誓いは期限切れになった。

彼は本街道に沿った荒地にひと飛びした。日暮れを待つための隠れ場所を見つけるときだ。道の両側には人っこひとりいないが、本街道を歩き続けるわけにいかない。それは掟を犯すことのように思えた。

坦々と果てしなく広がる土地。遠くに耕作地と木が何本か見えるものの、彼の周囲には身を隠せるような小さな洞窟も、わずかな藪も見あたらない。隠れ場所さえ見つかれば安全なのだが、と彼は思った。自分がこうして身を晒しているのは、虚勢を張っているからではなく、隠れ場所が見つからないだけなのだと、自らに言い聞かせようとするかのように。

荒地は地平線の彼方に消えていた。ジョルグは頭のなかに奇妙な落ち着き、というかむしろ漠とした虚しさを感じていた。太陽の重みでわずかに西に傾いでいるかのような空の下に、彼はひとりきりだった。あたりには同じ空気、同じ緋色の光に包まれた同じ一日が続いているのに、休戦はすでに切れて、彼はもう別の時間のなかに入ってしまった。ジョルグは周囲に冷たい視線をめぐらせた。これがそう、誓いの切れたあとの時間なのか？　もはや自分の意思では使うことができない永遠の時間。日付も、季節も、年もなく、未来もない、もはや彼とは何の結びつきもない抽象的な時間。それはよそよそしい態度で、懲罰の日についてさえ、いかなる徴(しるし)、いかなる手がかりも与えてはくれない。だが罰は、彼の行く末にある未知の日、未知の場所で、同じく未知なる手によって、いつかきっと下されるのだ。

ジョルグがこんなもの思いに沈んでいると、遠くに見覚えのある建物が目に止まった。近づいてみると、はたしてレゼの屋敷だった。ここから何とかという小川までは、誓いのもとにあるはずだ。誓いに守られた道には標識も、特別な目印もないが、誰でもその道のことは知っている。最初に出会った人にたずねてみればいい。

ジョルグは荒地を進みながら歩みを早めた。心に気力が蘇っていた。誓いに守られた道まで行き、茂みに隠れたりせずに夜までそこを歩く。そのあいだに……ビロード張りの馬車が通りかからないとも限らない。前にも一度、シャラの屋敷にあらわれたという話だった。

そうだ、そうすることにしよう。彼は左をふり向き、それから右を見て、荒地と同じく道にもひと気がないことを確かめた。それから軽い足取りでひと飛びに本街道に戻ると、そのまま歩き始めた。誓いに守られた道にできるだけ早く着けるようにと、近道を取ったのだ。さもないと、行き着くまでに一時間は歩かねばならない。

気をつけねば、と彼は思った。もう頭の影は東に伸びている。でも本街道には、あいかわらず誰も見えない。彼は何も考えずに、足早に歩いた。はるか前方に、ほとんど動かない人影がいくつかある。近づくと、それは二人の山人とラバに乗った女だった。

「あっちの道は誓いのもとにあるのですか？」ジョルグは顔を合わせたところでたずねた。

「そうさね、お若いの」といちばん年かさのひとりが答えた。「百年も前から、レゼの屋敷から〈山の精の小川〉に続く道は、誓いに守られている」

「どうも」とジョルグは言った。

「いや何の」と老人は言って、ジョルグの袖についた黒いリボンをちらりと見た。「気をつけてな！」

急ぎ足で道を進みながらジョルグは思った。高地のあちこちで、突然に休戦の期限が切れた殺人者たちは、こんなふうに誓いに守られて追っ手を逃れる道がなかったら、いったいどうするのだろう？

誓いに守られた区間は、ほかの道とまったく違いはない。馬の蹄や溢れた水によってところどころ傷んだ舗石や窪み、両側に続く茂みも皆同じだ。だがジョルグは、その金色の埃に何か暖かなものがあるように感じた。足を緩めて深呼吸をしてみる。ここで夜を待つのだ。彼は石の上でひと休みした。このほうが茂みのなかで身を丸めているよりかずっといい。それに……馬車がここを通るかもしれない。まだジョルグは、もう一度馬車に出会えるというほのかな期待を捨てていなかった。そこから彼の夢想はさらに広がった。馬車が止まって、なかから声がする。ああ！山のおかた。疲れておいでなら私たちの馬車に乗って、この先までいっしょに行きましょう……。ときおりジョルグは空を仰ぎ見た。せいぜい三時間もすれば日が暮れるだろう。道には山人たちが徒歩で、馬に乗って、ひとりで、数人で通っていく。遠くに二つ、三つ、動かない小さな染みがあらわれた。きっと彼のように、夜を待って道を続けようという殺人者たちに違いない。家ではきっと心配しているだろう、と彼は思った。

ひとりの山人が真っ黒な牛に引かれて、ふらふらと歩きながら近づいてくる。

ジョルグはその山人と牛よりもゆっくりと歩いていたので、二人は並んでしまった。

「こんにちは！」と相手はジョルグのところまで来ると言った。

「こんにちは！」とジョルグも答える。

男は空を見あげて言った。

「なかなか時間がたたないな」

男は赤っぽい口髭を生やしているせいで、微笑みまでもが明るく照らされているように思えた。袖口には黒いリボンがついている。

「おまえさんの誓いはもう切れたのかい？」

「ええ、今日の正午で」

「おれのは三日前だ。それなのに、まだこの牛が売れないでいる」

ジョルグは驚いて男を見つめた。

「もう二週間もいっしょに歩きまわっているが、なかなか売れないんだ」と相手は言葉を続けた。「こいつはいい牛で、別れるときには家族も皆泣いたものさ。それなのに買い手が見つからない」

ジョルグは何と言ってよいかわからなかった。いままで家畜を売ったことなどなかったから。

「塔に籠る前に、こいつを売っちまいたいんだ」と山人は続けた。「うちは金に困っていて、おれが自分で売らないと、ほかにする者もいないし。でもあまり期待はできそうにない。まだ身の自由があったこの二週間にも売れなかったのだから、夜にしか動けなくなったいま、どうやって売ったらいいのやら。なあ、どう思う?」

「そうですね。たしかに簡単にはいきそうにない」

ジョルグは横目で黒い牛を見つめた。牛は静かに反芻している。遠国で倒れた兵士を歌った古いバラードの歌詞が思い出された。《私の母に伝えてほしい、わが家の黒い牛を売るように》

「おまえさん、生まれはどこだい?」山人はたずねた。

「ブレズフソットです」

「それならここからそう遠くない。がんばって歩けば、今夜にでも家に帰れるな」

「で、あなたは？」とジョルグがたずねる。

「おれかい、おれはとても遠くだ。クラスニチュの旗じるしさ」

ジョルグはひゅうと口を鳴らした。

「そいつは本当に遠くだ。家に着くまでには、きっと牛も売れるでしょうよ」

「期待はできんな」と相手は言った。「いまじゃ牛を売れる場所は誓いに守られた街道だけだ。だが数が少ないからなあ」

ジョルグはうなずいた。

「ほら、この道が旗じるし本街道と交わるところまで誓いのもとにあれば、きっと売れるのだが。でも手前で終わってしまうから」

「旗じるし街道はここから近いのですか？」

「遠くはないさ。街道ならば、ありとあらゆる連中が通るからな！」

「そうですね。途中いろいろ変わったものも見られるし。前に一度、馬車を見たことがあるんです……」

「なかに美しい女の乗った黒い馬車だろ？」と相手はさえぎった。

「どうして御存知なんです？」ジョルグは叫んだ。

「昨日〈十字架亭〉という旅籠で見かけたのさ」

「そこで何をしていたのだろう?」

「何をしていたかって? 何も。馬をはずした馬車が旅籠の前に止まって、御者はなかでコーヒーを飲んでいた」

「で、女の人は?」

山人はにやりとした。

「二人は旅籠のなかさ。二日、二晩部屋から一歩も出ずにいたそうだ。あの女は妖精のように美しいから、ひと目でおまえさんの胸を射抜いてしまったな。昨晩おれが発ったときには二人はまだそこにいたが、今日はきっと出発しているよ」

「どうしてわかるんです?」

「旅籠の主人がそう言っていた。二人は明日発つはずだって。主人は御者から聞いたのさ」

ジョルグはしばらく茫然としていた。目は舗石を凝視している。

「そこへはどう行くのですか?」彼はだしぬけにたずねた。

相手はいっぽうを指さした。

「ここから歩いて一時間のところだ。この道は旗じるし街道と交わるが、あの二人もきっとそこを通るはずだ。もう通り過ぎていなければな。ほかに道はないから」

ジョルグは示された方角をじっと見つめていた。相手は驚いてジョルグのほうを見た。

「おまえさん、どうしたね？　かわいそうに」山人がたずねた。

ジョルグは答えない。ここから歩いて一時間、と彼は頭のなかで繰り返した。顔をあげて、雲に太陽の足跡を捜す。日暮れまでまだ二時間はある、と彼は目算した。彼女がこんなに近くまで来たのは初めてだ。わが妖精に出会えるかもしれない。

それ以上何も考えず、道連れにさよならも言わずに、彼は猛然と歩き始めた。黒い牛を連れた男の言う十字路へ向けて。


ヴォルプシ夫妻の馬車は、足早に高地をあとにした。日が暮れかかったころ、遠くに小さな町の屋根、二つの尖塔の頂き、そしてひとつだけある教会の鐘楼が見え始めた。

ベシアンは窓ガラスに顔を近づけた。家々のあいだを抜ける狭くて見苦しい通り、彼はそこをたちまち想像で満たした。郡庁の官吏が治安判事のもとへ書類を届けに行く。店や活気のない事務所が立ち並び、町じゅうあわせてもたった四、五台しかない旧式の電話では、退屈な話題が、あくびで中断されながら交わされている。そんなことを思い描いていると、いまあとにしたばかりの世界と比べて、自分を待っている下界が急に恐ろしくつまらない、色あせたものに思えてきた。

だがそれでも、と彼は嘆じるのだった。おれはその色あせた世界の住人だし、だからこそ高地へやって来るべきではなかったのだ。高地は月並みな人々のためではなく、超人的な人間のためにあるのだから。

町の煙が大きく広がってゆく。ディアナは出発のときから同じように、背もたれに顔を伏せたままじっとしている。ベシアンは妻の体だけを連れ帰り、中身は山間のどこかに置き去りにしてきたような気がした。

馬車はむき出しの荒野を走り抜ける。そこは一か月前に二人の旅が始まった場所だ。ベシアンはふり返り、最後にもう一度高地を眺めた。山々は連なってゆっくりと進みながら、孤独のなかへと身を閉ざす。その上を、白い、謎めいた霧が、ドラマの終わりを告げる幕のように垂れ込めていった。

同じころ、ジョルグは一時間前に入った旗じるし街道を、大股で歩いていた。黄昏れて最初の風が微かにそよぐ。そのとき、どこからか乾いた声が聞こえた。

「ジョルグ、よろしく伝えるがいい、ゼフ・クリュエ……」

ジョルグの腕があわただしく肩から銃を降ろそうとするが、その動作はチュチェという音とひとつになった。その忌まわしい名前の後半部は、おぼろげに彼の意識に届いた。地面がぐらぐらとゆれて、顔に激突してくる。ジョルグは倒れ込んでいた。

一瞬、周囲の音がぴたりと止み、そのなかから足音だけが聞こえてくる。二本の手が体をゆさぶるのがわかる。仰向けにされているのだ、と彼は思った。だがそのとき何か冷たいものが右の頬に触れた。おそらく銃身だろう。ああ神様、すべて定められたとおりだ！　目を開けようとしたが、できるかどうか自信がなかった。見えたのは殺人者ではなく、点々と残る雪の白い染みと、そのあいだに、まだ売れていない黒い牛の姿だった。これで終わった、と彼は思った。本当に、何もかもあまりに長すぎた。

また遠ざかっていく足音が聞こえる。誰の足音なのだろう？　二度、三度彼は自問した。とても慣れ親しんだ足音のような気がする。そうだ、よく知った足音だ。それに体をひっくり返したあの手も……。ああ、おれの足音じゃないか！　三月十七日、ブレズフソットに近いあの道で……。一瞬意識が薄れ、それからまた足音の響きが聞こえた。やはり自分の足音のように思える。あれはほかの誰でもない、おれ自身なのだ。打ち倒したばかりのわが身を背後に残したまま、ああして走り去っていく者は。

一九七八年　十二月

訳者あとがき

イスマイル・カダレは現代アルバニアを代表する作家であり、その作品は欧米諸国、とりわけフランスにおいて数多く翻訳され、いずれも高い評価を受けているが、日本で紹介されるのは本書が三作目となる。

拙訳『誰がドルンチナを連れ戻したか』（白水社）は、アルバニア作家というもの珍しさも手伝ってか、数多くの新聞、雑誌等の書評に取りあげられ好評をいただいた。また続く『夢宮殿』（村上光彦訳、東京創元社）も、いかにもバルカン的な幻想と寓意に満ちたカダレの代表作のひとつである。

本書『砕かれた四月』は前記二作とほぼ同時期に書かれ、アルバニアでは一九八〇年に『誰がドルンチナを連れ戻したか』とともに『冷血』のタイトルのもとに一冊本として出版されたが、この二作品にはテーマや内容のうえでも共通性が見られ、表裏一体の関係にある。『ドルンチナ』は中世アルバニアを舞台にして、遠国に嫁いだドルンチナを死んだ兄のコンスタンチンが掟（カヌン）に定められた誓い（ベーサ）を守って連れ帰るという伝説をモチーフにしているが、ミステリー・タッチの物語展開は現代的でもある。

いっぽうの『砕かれた四月』でも、すでにお読みいただいた読者にはおわかりのとおり、掟や誓いが主要なテーマとなっている。また掟に縛られた北部山地の生活は、二十世紀初頭を舞台としながらも逆に中世を思わせる。カダレは掟について登場人物のひとりである作家ベシアンの口を借りて、「バラードに歌われたコンスタンチンが約束を果たすために墓を抜け出したときが、そもそもの歴史の始まりだ。あのバラードを学校で習ったとき、なかに出てくる誓いが、この恐ろしくも厳かな構築物を支える最初の礎石のひとつだったとは考えてみなかったかい？」（八一―八二ページ）と語らせ、この作品がいわば『ドルンチナ』から数世紀をへたのちの続篇でもあることを示している。そういえばどちらの物語とも、秋の夜、扉を叩くこつこつという音が、そもそもの発端となっていた。また復讐による死を宣告された、「生の許しを受けた死者」であるジョルグに魅せられ、霧に閉ざされた伝説の高地（ラフシュ）に魂を抜き取られてしまうディアナの姿は、死者に連れ帰られ、やがて死に召されるドルンチナの姿と通じ合うものがある。この二作に限らずカダレの作品には共通するモチーフやイメージ、あるいは人名、地名などが繰り返しあらわれ、それらが互いに呼応し合いながら、独自の世界が浮かびあがってくる面白さがある。

『砕かれた四月』のもうひとつのテーマである「復讐」を取りあげるにあたり、カダレは古代ギリシアの悲劇作家アイスキュロスから想を得ているだろう。『アイスキュロス、あるいは失われゆく永遠』なる評論ものしているカダレにとって、アイスキュロスはシェイクスピアと並んでとりわけ愛着の深い作家のひとりである。評論家でカダレ論も書いているエリック・ファイとの『対話』(ジョゼ・コルティ社、一九九一年刊)のなかで、なぜソポクレスやエウリピデスよりもアイスキュロスを好むのかとたずねられて、カダレはこう答えている。「アイスキュロスの運命は、世界中の多くの作家にとって類型的なものです。それにアイスキュロスのほうが荘重で、堅固で、厳かです……。エウリピデスを抜きにしても古典文学は考えられますが、アイスキュロス抜きではそうはいきません」。そのアイスキュロスが『オレステイア』三部作で描いた、血で血を贖う復讐劇を、現代のアルバニアを舞台に再現したのが『砕かれた四月』なのだと言えるだろう。再び作中のベシアンの言葉を引くならば、高地を支配する掟に定められた「客人、誓い、そして復讐は古典悲劇を動かす歯車のようなもの」(九六ページ)なのである。

このように、カダレの描くアルバニアは、どこかつねに神話と伝説の影に包まれている。アルバニアというヨーロッパの辺境を描きながら、カダレの作品がある種の普遍性を持ちうる秘密もそこにある。というのも、神話や伝説には、国境を越えて人間の生の根幹に訴えかける力があるからだ。雨に濡れたアルバニア山地の叙事詩的な世界を背景に、たった一度目を合わせただけで、ひとことの言葉も交わさないまま、自らの命を賭けて引かれ合っていく男と女の姿は、なまじの恋愛小説よりもはるかに読者の胸を打つに違いない。ちなみに加藤周一氏は大江健三郎のノーベル賞受賞にふれてこう書いている。「たとえばイスマイル・カダレはアルバニアの山村について大江健三郎は四国の山村について、同時代人の言葉で語った。それは現代世界の文学の一部であり、そういうものとして彼らの作品を読む態度ほど異国趣味から遠いものはないだろう」（「夕陽妄語」朝日新聞、一九九四年十月二十日）

本書は Ismail Kadaré, *Avril brisé*, Fayard, 1982 を底本としている。アルバニア語からの仏訳版で、翻訳はカダレ作品の大部分を手がけているユスフ・ヴリオニによる。邦訳に際しては、『誰がドルンチナを連れ戻したか』に引き続き、アルバニア語の表記等について直野敦氏に貴重な御教示をたまわった。また白水社編集部の小山英俊氏には訳稿を細かに検討していただき、有益な助言をたまわった。こころから感謝いたします。

一九九五年五月

平岡　敦

Uブックス版に寄せて

本書は一九九五年に白水社から刊行された同名書の再刊になります。長らく絶版になっていた本作が再び日の目を見る機会を得たのは、訳者として大変嬉しいことです。翻訳の仕事を始めてまだ日が浅いころに手がけた作品でしたので、試行錯誤の作業になりました。それだけに、思い出深い一作でもあります。今回の再刊にあたり、あらためて訳文を読み返し、手直しした部分があることをお断りしておきます。

イスマイル・カダレの人と作品については、井浦伊知郎氏が行き届いた解説を本書に寄せてくださいました。そのなかでも触れられているとおり、また旧版の「あとがき」にも書きましたが、カダレが描く世界は多岐にわたりながら、共通のテーマやモチーフ、イメージ、人物、地名などが繰り返しあらわれます。それらを追っていくのも、カダレ作品を読み進める楽しみのひとつと言っていいでしょう。すでに邦訳が出ている作品からも（カダレの膨大な作品群からすれば、まだほんの一部ですが）、その一端がうかがえるはずです。本書によって初めてカダレの魅力に触れたという読者の方々には、ぜひほかの作品にも手を伸ばしていただければと思います。ちなみに本作とは対の関係にある『誰がドルンチナを連れ戻したか』も、目下文庫化の計画が進行中です。これをきっかけに、未訳作品が紹介される機運が高まればと期待しています。

最後になりましたが、解説をお書きいただいた井浦伊知郎氏、再刊にご尽力いただいた白水社編集部の栗本麻央さんには心より感謝いたします。

二〇二五年三月

平岡　敦

解説

井浦伊知郎

　偉大な頭脳は活動することをやめた、という類の表現を誰が使い始めたかわからないが、二〇二四年七月一日、イスマイル・カダレの訃報に接した私の頭にまず浮かんだのがそれだった。毎年のように取り沙汰されるノーベル文学賞の話題を本人がどこまで気にしていたかはともかく、そうした時間幅で気をもむ人々とは無縁な地平へと作家は旅立った。

　翌々日、政府主催の葬儀が首都ティラナで行われ、インターネットで全世界に中継された。棺が安置された壇上にはマザー・テレサ（マケドニア出身のアルバニア人）をイメージした青と白のオブジェが飾られていた。様々な信仰を持つ人々が共存する一方、かつて宗教自体が禁止された時期もあるアルバニアで、カダレが自身の宗教的背景を語ることは少なかったが、さて彼はキリスト教徒だったろうか？　と思っていたら、別の催事で据え付けられていてすぐ撤去できないと言われたのを、そのままでいいと主催者判断で残したという。アルバニアらしいと言えなくもない。

　エディ・ラマ首相の追悼演説は凝ったもので、大作家の死の一報を受けてからの諸手続きに追われる自分たちの姿を、『夢宮殿』『死者の軍隊の将軍』『祝祭委員会』といった代表作になぞらえ、かつてカダレが翻訳したマヤコフスキーの「ズボンをはいた雲」を引用し、海外ではあまり注目されてこなかった「翻訳家」「詩人」としての顔を紹介した。

「安らかに眠るがいい、あなたはすべて語った」

と追悼演説は締めくくられている。私たちにできることは、残されたテクストを読むことである。世界的な名声を得る前から、カダレの著作はアルバニア国内でも（突然回収されることもあったが）売れていた。一九九〇年代に入ると、パリでアルバニア語版とフランス語版の全集刊行が始まった。アルバニア国内でも全集が発売され、最晩年の二〇二三年には「完全版」も刊行された。その第一巻はカダレが十七歳の時に書いた『見知らぬ地にて』で始まり、最終巻の掉尾を飾ったのは、最後の小説（内容的にはオートフィクションと言うべきか）となった『支配者たちが争うとき』（二〇一八、英訳は *A Dictator Calls*）である。スターリンとパステルナークの会話から、作家本人とエンヴェル・ホヂャとのやりとりに至るこの作品は、二〇一〇年のロシア訪問を経て執筆された。かつてモスクワで学んだカダレにとって、ロシアでの若き日々は重要な経験だったろう（その経験をもとにした『草原の神々の黄昏』は一九九六年に邦訳されている）。約半世紀にわたり母国の現在と過去、或いは旧ソ連や中国やギリシアやオスマン帝国と、時空を越え作品世界を拡張してきた作家が、最後の最後に青春時代を過ごした地に視点を戻した、とも言えようか。

次に再び全集が編纂されるとしたら、さらなるテクスト検証を経たものとなるだろう。カダレ作品を細かく読む際に問題となるのが、版による内容の違いである。長く生きた作家が自作に手を加えることは珍しくない。だが例えば、ソ連との関係悪化を活写した最大長編『大いなる孤独の冬』は、当局からの「指導」を受け改訂のたびに分量が大きく増減し、一時は書名まで変わった。最も分量が増えたのは労働党体制下の一九八一年に出た第三版だが、最終版ではその加筆部分がほぼ消えている。よほど意に添わなかったらしい。

鉄のように統制された社会にも優れた知性は存在する。エンヴェル・ホヂャ率いる労働党体制の苛烈さはチャウシェスクのルーマニア以上だったが、そんな社会にこれほどの創造的活動が花開いていた。しかもそれを読み、理解する普通の人々が大勢いた（いる）ことは、海外文学を愛好する方々にあらためて強調するまでもないだろう。

カダレの場合、全作品がフランス語で読めることは、アルバニア語圏を超えてカダレが受容され得た一因として無視できない。「西側」がカダレを知るきっかけとなった『死者の軍隊の将軍』以来、専属の翻訳者と見なされていたユスフ・ヴリオニは、実は元政治犯として事実上「国内流刑」の処遇を受けており、外の世界に繋がる唯一の手段がフランス語だった。体制転換後は「裏方」から抜け出て、ヘルシンキ委員会やユネスコの要職を歴任した。二〇〇一年にヴリオニが死去した時、フランス語版「全集」は刊行途中だったが、テディ・パパヴラミが後を引き継ぎ、無事完結した。

ヴァイオリン奏者としても有名なパパヴラミにより、近年の作品はほぼ同時にフランス語で読めるようになっている。英語圏では、意外にもというべきか、二〇〇五年のマン・ブッカー賞受賞までは知る人ぞ知る作家と見られていたという。日本の読者に比べればまだ恵まれてはいるが。

ところで、カダレは本当に「すべて語った」のだろうか？『支配者たちが争うとき』が発売された際、作家本人はこれを最後の著作とする旨を（出版社側の否定にもかかわらず）表明した。それから死去までの期間は、「完全版」全集の校正に費やされた。昨今の日本で言われるところの「終活」とでもいうべき心持ちだったのかも知れない。

カダレは、自身の作品のいくつかを互いに連続したものとしてとらえていた。例えば、『砕かれた四月』と『誰がドルンチナを連れ戻したか』は当初『冷血』と題する一巻本で出版された（最初の日本語訳はこの二作である）。そうした中に「対決の時代」と呼ばれる三部作の構想があった。まずユーゴスラヴィア、次にソ連、そして中国との関係断絶を描く予定だったという。二作目は上述『大いなる孤独の冬』（一九七三）として、三作目は『晩冬のコンサート』（一九八七）として実現された。だが一作目は後回しにされたままで終わった。発表の機会があったとすれば一九九〇年代以降のどこかの時点だったろう。もはや当局の横やりを気にすることなく、半世紀前の党内闘争をどう描くのだろうと思っていたが、ついにそれは実現しなかった。

イスマイル・カダレその人をめぐる議論の中でたびたび取り沙汰されるのが、旧体制との「距離感」である。国営出版社に勤め、党の翼賛組織に属し、議員を務めたこともある。何よりエンヴェル・ホヂャと同郷であり、個人的親交もあった。カダレ自身、自分が「反体制派」であったことはないと率直に述べている。

そうした姿勢に納得しない人々もいた。体制を正面から批判し、発表の機会を奪われた作家たち、例えばカセム・トレベシナらはカダレの「体制順応」ぶりを非難した（対するカダレも「凡庸な野心家」だと言い返している）。一九九〇年代以降にカダレが唱えた「ヨーロッパのアルバニア」なる言説も、東方文明（例えばオスマン帝国）との関わりを軽視しているのでは、という反応を招いた。とりわけコソヴォ文壇の重鎮レヂェプ・チョスャとのやりとりは、「アルバニアのアイデンティティ」をめぐる論争として世間の耳目を集めた。

ドイツのアルバニア学者ロバート・エルズィはカダレについて「協力的な人生」を歩みつつも「根底では反体制的」であった、とやや独自の見解を示しているが、そもそも往時のアルバニアでは作家として「書く」こと自体がリスクを伴う行為だった。それは『大いなる孤独の冬』への度重なる介入からもわかる。デビュー作とされる『死者の軍隊の将軍』（一九六三、邦訳二〇〇九）より前に執筆した『広告のない町』（二〇〇一）は「社会主義リアリズム」と相容れないとして長らく非公表とされ、『死者の軍隊の将軍』に続いて書かれた中編『怪物』は雑誌発表時から当局に目をつけられ、体制転換後の一九九一年まで国内出版を認められなかった。

たとえ指導者と懇意でも、すでに得ていた国際的名声がなければ、とうに何らかの弾圧を受けていたかも知れない。そうした緊張関係はホヂャの死後も同様であり、指導部に穏健な改革を求める書簡を送るも冷淡な対応を受け、ついにフランスへ亡命する一九九〇年十月まで続くのだった(間もなく母国の政治体制が激変し、一九九二年には無事帰国するのだが)。

ここまで書いておいて何だが、言語学的関心からアルバニア語を学び始めた私は、当初イスマイル・カダレの名すら知らなかった。重訳ながら日本語版があることもすぐには気付かなかった。フランス語を通じていち早くカダレ作品に接した日本の人々に比べれば、一読者としては牛歩どころか蝸牛の歩みである。そんななかでもいくつかの代表作を逍遥する過程で、その作品世界がおおまかに分類できるのではないか、という感覚は持っていた。

まず、現代や近過去のアルバニアを舞台とするもの。デビュー作『死者の軍隊の将軍』、郷里ジロカスタルを舞台とする『石の記録』(一九七一)といった作品である。次に、戦後の国内外の政治情勢を題材とする長編。二大長編『大いなる孤独の冬』『晩冬のコンサート』、労働党時代の政治的事件にもとづく二部作『アガメムノーンの娘』、『後継者』(共に二〇〇三)等がこれにあたる。最後は、中世以前の「異世界」を舞台とする『誰がドルンチナを連れ戻したか』(一九八〇)、『夢宮殿』(一九八一、邦訳一九九四)、『ピラミッド』(一九九二)等である。特に三つ目のグループは、不条理さや不可解さの度合いが強い。

この印象は今も大きく変わらない……のだが、その後も読み進むなかで、こうした要素は作品間で互いに入り組んでいて、そう単純に分けられないのでは、とも思うようになっている。例えば『怪物』は、現代のティラナを舞台としつつ、不気味な神話世界が登場人物の現実を蝕み、時系列すら判然としなくなる。上記要素を未分化なまま内包したカダレ的世界の「プロトタイプ」と言える。

神秘や幻想や虚構の立ち入る隙がないように見える『死者の軍隊の将軍』にさえ、後の作品に見られる「迷宮」「得体の知れない機構」「翻弄される個人」が顔をのぞかせている。一見、少年期の自伝的作品に思える『石の記録』にも、『大いなる孤独の冬』『晩冬のコンサート』にも、時折奇妙な「幕間」や「挿話」が顔をのぞかせる。他作品の作中人物として能動的に振る舞っていたいにしえの人物や事象が、現代人らによって「こんなことがあったらしい」と語られる。ああ何処かで聞いた話だ、と微笑ましく感じる一方、その「語り直し」に込められた作者の意図に背筋がぞくりとする瞬間がある。

では、そもそも非現実的な出来事を発端とする作品ではどうか。『夢宮殿』など、それこそ『1984』の系譜に連なる「ディストピア」小説そのものである。労働党時代のアルバニア社会とも取れるし、専制政治全般のありようとも取れる。

カダレはアルバニアの土壌に深く根ざした作品を数多く世に出した。しかし現実と異なる神話伝説じみた舞台設定、時空を超える幻想的な描写は、作品の多様な読みを可能とし、アルバニア固有の文脈に限定されない普遍的なテーマを展開させることに成功している。『城』（一九七〇、のち『包囲』と改題）のように、オスマン帝国と対峙するアルバニア人を描いた作品でさえ、そこに今日の国家と人々をめぐる苦悩を見出すことができる。体制転換後に書かれた『ピラミッド』にも、過去と現在、エジプトと他の場所を行き来するなかで混沌が増していく展開を見ることができる。

もう少し現代寄りだが、『H文書』（一九八一）には、ホメーロスの創作にまつわる謎をアルバニアの口承文化と関連付け解明しようとする外国人学者たちが登場する。ところが彼らの現地調査は地元当局の猜疑を招き、ゴーゴリの『査察官』のごとく悲喜劇的に誤解が積み重なり、カフカの『城』に勝るとも劣らない惨憺たる結果に終わる。何かしら逃れようのない「罠」に巻き込まれ翻弄される人々の姿は、外国の読み手である私たちにも不思議な共感を与える。

不条理と知りつつもその「罠」から逃れられない人々は、本書『砕かれた四月』にも登場する。作中人物を操る「システム」は、遥か過去の「因習」に由来している。ところが物語の舞台は二十世紀初頭の北部アルバニアなのである。何となく中世あたりの話かと思って読み始めたら、ほどなく現代文明を象徴する物体が姿を見せ、やがて明らかな現代人がぬっと顔を出す。初めて読んだ時は、叙述トリックのミステリーを読まされているような気分になったものだ。ミステリーと言えば、二〇一六年五月、カダレの傘寿を記念して各国の翻訳者を招待した会議がティラナで開催された際、夕食の席で「カダレはミステリーとして読まれ得るか」といったやりとりが盛り上がっていた。なるほどそういう楽しみ方もあるだろう。してみると先ほどの記述には「※作中のトリックに言及しています。未読の方はご注意ください」と前置きすべきだったかも知れない。
なお、本作を原作とするウォルター・サレス監督の映画『ビハインド・ザ・サン』（二〇〇一）では舞台がブラジルに移され、日本でも本作を大胆に再構築した劇団「サファリ・P」の「透き間」（初演二〇二二、山口茜台本・演出）が上演されている。今後もこうした読み直しは世界各地で試み続けられるだろう。すでに「独裁」の季節を知らない世代が人口の四割を占めるに至ったアルバニアでも、おそらく同様である。

冒頭の葬儀の話に戻るが、埋葬の場で長女ベシアナ・カダレ（親とは異なり外交官の道に進んだ）は父親について「世界の天才たちの神殿に入り、私たちのことを見ている」「彼に敬意を表する方法の一つは、皆で彼の作品を再読すること」だと語った。それから一年足らず後、長らく入手困難だった代表作の一つが、手に取りやすいかたちで復刊されることになった。新たな読者層による「再読」の機会を作り出してくださった白水社の栗本麻央さんに、深く感謝したい。

（いうら・いちろう　アルバニア語学・翻訳）

著者紹介
イスマイル・カダレ（1936-2024）
アルバニア南部ジロカスタル生まれ。ティラナ大学卒業後、モスクワのゴーリキー文学大学に留学したが、アルバニア・ソ連関係の悪化を受けて帰国。ジャーナリストとして雑誌に関わるかたわら詩作品を発表、のちに小説家として『死者の軍隊の将軍』（63）、『草原の神々の黄昏』（78）、『誰がドルンチナを連れ戻したか』（80）、『夢宮殿』（81）などで高い評価を獲得する。90年には一時フランスに政治亡命。作品は40以上の言語に翻訳され、2005年に第一回国際ブッカー賞を受賞したのをはじめ、アストゥリアス王女賞（09）、エルサレム賞（15）、ノイシュタット国際文学賞（20）など数多くの文学賞に輝く。18年の *Kur sunduesit grinden*（『支配者たちが争うとき』）が最後の作品となった。24年7月、ティラナにて88歳で死去。

訳者略歴
平岡敦（ひらおか・あつし）
1955年生まれ。早稲田大学第一文学部卒業、中央大学大学院修了。現在、中央大学講師。主な訳書に、カダレ『誰がドルンチナを連れ戻したか』、グランジェ『クリムゾン・リバー』、ビュッシ『恐るべき太陽』、ジャプリゾ『シンデレラの罠』、カサック『殺人交叉点』など。ルメートル『天国でまた会おう』で日本翻訳家協会翻訳特別賞、ルルー『オペラ座の怪人』で第21回日仏翻訳文学賞受賞。

本書は1995年に白水社より刊行された。

白水uブックス　261

砕かれた四月

著　者　イスマイル・カダレ
訳　者 © 平岡　敦
発行者　岩堀雅己
発行所　株式会社 白水社
東京都千代田区神田小川町3-24
振替　00190-5-33228　〒101-0052
電話（03）3291-7811（営業部）
（03）3291-7821（編集部）
www.hakusuisha.co.jp

2025年3月17日　印刷
2025年4月17日　発行
本文印刷　株式会社精興社
表紙印刷　株式会社東京美術印刷社
製　　本　誠製本株式会社
Printed in Japan

ISBN978-4-560-07261-5

乱丁・落丁本は送料小社負担にてお取り替えいたします。